젊은 ADHD의 슬픔

젊은 ADHD의 슬픔

정지음 에세이

민음사

3장: 병원에 가다

4장: 내가 만난 세계

프롤로그

서로의 고통을 마모시키며 둥글어지기를

ADHD와 우울증 진단을 받은 후 정신의학 서적을 사 모으기 시작했다. 의사와 심리학자 들을 위한 전공서였다. ADHD의 원인을 '전전두엽 손상' 등으로 설명하는 문장들 속에서, 그 어떤 메타포의 보호도 받지 못한 나를 마주하게 되었다. 의학적으로, 생물학적으로, 사회심리학적으로 벌거벗은 내 질환의 모습이었다.

정신질환, 발달장애, 충동조절장애, 신경증, 범죄 위험 군…….

읽을수록 내게 해당되는 장애의 목록은 늘어났고 그것들은 하나같이 무시무시했지만, 그 진단을 의심하지는 않았다. 당시 난 몹시 지쳐 아무거나 신뢰할 준비가 되어 있었다. 실제로도 믿어지는 것들을 전부 믿었다. 나는 과학을 너무 몰라 차라리 맹신해 버리는 사람이었다. 의학을 농담이

나 교양으로 소화할 수 없어서 의학이 가진 권능에 모든 불안을 걸었다. 나를 규정하는 언어를 만나 기쁘다가도 단어들의 함의를 생각하며 무너지기를 반복했다.

스스로를 정의해 보려고 질문하는 날이면 어김없이 '불완전한 괴물'이라는 대답이 따라 붙었다. 나라는 존재는 파괴적으로 무능력해서, 자신을 망치는 식으로만 완전해지는 듯했다. 앞으로도 책에 쓰인 대로 망해 가겠지, 충동과 우울을 뭉쳐 공기놀이나 하며 살겠지 싶었다.

스티브 잡스나 에디슨도 ADHD라지만 위안이 되지는 않았다. 내가 아이폰이나 전구에 버금가는 발명을 하지 않는 이상, 그들과 동등해진 느낌에 기쁠 수는 없을 것이었다. 희망이 옅어질 때마다 자신을 사랑하지 못하는 사람들의 글을 읽고 싶었다. 작가가 한국의 미혼 여성 ADHD이고, 자기애로 가는 걸음마 중이라면 더 좋을 것 같았다. 하지만 아직 없었다. 세상에는 '네가 무엇이든 소중하고 아름답다'라는 식의 낙관이 유행했지만 내게 적합한 안심은 아니었다. 오랫동안 혼자 울던 사람은 쉽게 웃는 방법을 경계하게 되는 모양이었다. 실제로 난 괜찮지 않았고, 몇 년째 도망다니며 그저 삶을 유예하는 중이었다.

다른 ADHD들도 나처럼 새하얀 밤과 깜깜한 낮을 보내는지 궁금했다. 친근하고 정중하게 안부를 묻기 위하여, 일단 나의 이야기를 썼다. 모자란 글들을 초대장 삼아 전송할

수 있다면, 나의 해묵은 패배감도 즐거운 파티의 호스트가
될 것이었다.

책의 마지막은 해피 엔딩이었으면 하는 마음에 내 질환
들을 무작정 사랑하려고도 해 보았다. 하지만 긍정은 흥정
의 영역이 아니었다. 책다운 기승전결보다는 내가 여기 있
고, 나와 비슷한 사람들도 얼마든지 살아 낸다는 사실이 중
요했다. 네모난 책장에서 만난 우리가 서로의 고통을 마모시
키며 둥글어진다면 그제야 의문 없이 기쁠 것 같았다.

기뻐 본 적이 별로 없어 기쁨을 설계하려는 시도가 낯설
었다. 모든 글을 지우고 숨고 싶은 충동에 자주 시달렸다. 하
지만 쓰다 보면 슬픔과 삶의 주종 관계가 전복될 것임을 믿
었다.

나는 정신질환이 있는 사람이고, 이는 어릴 적의 발달장
애를 바로잡지 못했기 때문이다. 미세하지만 가짓수가 많은
불가능과 축축한 우울이 0세부터 들러붙어 있었다. 서른에
닿은 지금도 집중력과 충동, 주의력을 비롯한 여러 가지의
조절에 장애를 겪는다.

그럼에도 불구하고, 이렇게 태어날 줄 몰랐던 내가 이렇
게 살고 있음이, 좀 더 상냥하고 재미있게 표현될 자격이 있
지 않을까,라는 물음에서 이 책이 출발했다. "모르겠다."라
는 진술과 싸우기 위해 내가 가진 모든 표현들의 힘을 빌렸

다. 이것은 시간 여행 없이 나의 과거 혹은 미래와 화해하려는 기록이다. 내 질환과 삶이 나를 기만한다면, 나 역시 불가능을 기만하겠다는 다짐이기도 하다.

2020년 10월부터 적기 시작했다.
2021년 6월, 책을 통해 나 바깥의 우리를 찾아가려 한다.

1장: ADHD진단을 받다

싫어하는 것에도 싫증이 난다

ADHD 진단을 받은 날의 천연덕스러운 햇살을 잊지 못한다. 내 인생이 정신질환에 종속당한 날인데, 세상에는 눈물 같은 비 한 방울 장치되어 있지 않았다. '정상인'들이 바쁘게 오가는 길목에서 나도 모르게 주저앉았다. 내가 왜 꼿꼿해야 하는지 알 수 없는 기분이었다.

땅바닥에서 보는 사람들의 턱은 무척 크고 뾰족했다. 커진 턱들은 나를 내려다보며 무심한 시선을 줄 때만 잠시 작아졌다. 생경한 앵글 속에서 지금까지 한 번도 제대로 주저앉아 본 적이 없다는 사실을 깨달았다. 그리고 ADHD인 나는 도저히 다시 일어날 수 없을 것 같았다. 앞으로 내 삶은 어떠한 시도나 도전 없이 바닥에 주저앉은 채로 흘러갈 것이었다. 여기에 불법주차나 하는 이 자식도 나보다 나은 뇌를 가졌겠지, 저 사람도, 이 사람도 나처럼 부적절하진 않을 거야. 갑자기 형용할 수 없는 외로움이 밀려들었다.

그날 기울어진 내 세상은 두 번 다시 0도를 회복하지 못했다.

의사 선생님은 내 ADHD가 유전일 확률이 크다고 했다. 그건 '잘못되기로 약속된 아이'라는 말처럼 들렸다. '선천적' 질병이라는 건 인생의 시작부터 오류가 났기 때문에 끝까지 불행하리란 예감마저 주었다. 사는 내내 공부도 암기도 절약도 금주도 금연도, 하다못해 여행도 못 했던 이유가 이깟 등신 같은 질환 때문이라니.

부모님에 대한 원망이 피어올랐다. 의심도 했다. 엄마와 아빠 중 누가 나한테 문제의 DNA를 줬는지 형사처럼 검토했다. 두 분 다일 수도 있겠다는 상상은 절망을 두 배로 키웠다. 어쨌든 두 사람의 유전자 중 뭔가가 내 전두엽의 구조를 틀었고 이젠 바로잡을 수도 없게 된 상황이었다.

이게 정말 전두엽만의 문제라면 머리에서 개만 꺼내 타협한 후 다시 넣고 싶었다. 하지만 그런 것은 불가능했다. ADHD엔 완치 개념이 없기 때문이었다. 부모님도 나 자신도 현대 의학도 고칠 수 없는 나를 어떻게 유지해야 하나 암담했다. 그러다 뜬금없이 ADHD는 공평한 건지 불공평한 건지 모르겠단 생각이 들었다. 이건희나 도널드 트럼프도 이 병에 걸리면 가차 없겠거니 생각하다가, 이렇게 딴생각으로 빠져드는 게 바로 ADHD 증상이라는 깨달음에 다시금 타격을 입었다.

 나아지는 게 없어도 부모님에 대한 원망은 금세 걷혔다. 집중력이 너무 부족해 원망에 공들이는 것조차 불가능했기 때문이다. 게다가 남 탓은 지루했다. 남을 오래 원망하려면 내 마음속 후줄근한 여인숙에 대상을 장기 투숙시켜야 했다. 하지만 나를 100퍼센트 사로잡는 건 늘 나뿐이었다. 나는 타인에게 향하는 관심을 오래 지속하지 못했다. 호감이나 악감정, 둘 다 마찬가지였다. 내 사랑과 복수는, 그게 사랑이든 복수든, 몇 밤 자고 나면 홀랑 잊히며 사그라들었다.

 부모님을 해방시키자 유전자라는 단어가 주전자라는 단어만큼 무의미해졌다. 대신 내 인생은 항상 이딴 식으로 끓고 식어 왔다는 냄비론적 고찰이 나를 괴롭혔다. 지금은 누군가를 거세게 미워할 수 없는 집중력에 감사하지만, 그때는 모든 증상이 스스로가 하자 인간이라는 증명으로 보였다. 어쩌면 나는 편집증적으로 공평한 사람일지도 모른다. 하자 인간이라는 생각이 들자마자, 그게 나 자신일지라도 결코 용서하지 않았으니 말이다.

 당시에는 360도 돌아 버린 채 정상을 가장하던 내가 이중인격자 같았다. "너는 정신병자야. 완전 망했어.", "그래, 맞아. 근데 그게 어쨌단 말이야?" 문제를 키우려는 나와 축소하려는 내가 산불과 소방관처럼 싸워 댔다. 어떤 산불은 물조리개에도 잡히지만 어떤 산불은 한 달 내내 뉴스 헤드

라인을 장식한다. 내 머릿속의 불안, 공포, 스트레스, 열등 감의 크기도 그것들을 합산한 스케일도 좀처럼 가늠이 되지 않았다. 열정적으로 힘들 때면, '나 진짜 괴로운가?' 하는 검열이 시시때때로 몰려들었다. 내가 얼마만큼 힘든지, 보통 이 정도면 얼마만큼 힘들어하는 게 맞는지 모르겠다는 생각이 들면 힘들다 말고 어리둥절해졌다.

하지만 나는 어쩔 수 없이 나여서 혼란에도 오래 괴롭진 못했다. 애초에 산이어야 산불이 성립하는데 내 집중력과 인내심은 기실 뒷동산 정도도 못 되었다. 뒷동산은커녕 맛 동산 한 봉지를 앉은자리에서 다 먹을 집중력도 없으니 집 채만 한 절망을 계속 품을 수도 불태울 수도 없는 것이었다.

당시에는 그런 깨달음이 허망해서 좀 더 고차원적인 결론에 다다르고 싶었다. 하지만 억지 성찰은 작위적이었다. 나는 차라리 '생각하기 나름'이라는 상투적 표현을 감투처럼 뒤집어쓰기로 했다. 스스로를 바꾸자 와닿지 않았던 충고들도 전부 새로워졌다. "괜찮을 거야.", "걱정하지 마." 너무 흔해서 모욕적이기까지 했던 위로들이 생동감을 획득하기 시작했다. 괜찮아지거나 걱정이 사라진 건 아니지만, '언젠가는 괜찮아지지 않을까? 이렇게까지 걱정할 일일까?' 내게 반복해 물어볼 순 있었다.

ADHD 확진으로 인해 내 세상은 무너졌다. 하지만 그로 인해 재건의 기회를 얻었다. 지은 지 30년이면 건물도 재개발을 하는데 서른 살에 이런 혼란쯤 뭐가 어떠냐는 낙관의 주인이 되었다.

세상은 양쪽으로 봐야 좀 더 재미있는 곳이다. 자꾸 깜빡깜빡 잊고, 아주 기쁜 일도 슬픈 일도 없었던 것처럼 잊어버리는 내가 예전에는 싫었다. 하지만 이제는 망각이 신이 주신 선물이고, 나는 남들보다 좀 더 많은 선물을 받은 사람이라고 생각한다. '든 것 없이 가벼운 인생'은 관점을 바꾸자 '잊음으로써 가뿐해지는 인생'이 되었다. 나는 계속 사사로이 절망스럽겠지만, 그것들이 지속되지 않기에 결국은 행복해질 것이다.

ADHD 자가 진단과 변명

심리 테스트를 그냥 지나치지 못한다. 스스로를 모르니 통계로 정의되길 갈망하는 것이다. 나는 엉망진창으로 일관적이어서 결과는 대개 비슷하게 나온다. 어떤 테스트에서든 가장 급진적이고 붕 뜬 유형이 바로 나였다. MBTI부터 성격 진단 테스트까지 떠도는 모든 콘텐츠들을 섭렵하다 'ADHD 자가 진단'을 발견했다. 거의 모든 항목에 '항상 그렇다'를 체크하던 나는 이게 왜 테스트 거리가 되는지 궁금했다. '안 그런 사람도 있단 말이야?' 하는 거였다. 테스트 결과에 따르면 20점부터 ADHD 의심군이라던데 나는 62점이었다.

1 일을 순서대로 진행하기 어렵다.

나는 협업을 좋아하지 않는다. 스스로 순서를 짜는 것도, 남이 만든 순서에 편입되는 것도 잘 못 하기 때문이다. 내게 일의 순서를 만들라는 건 온 우주의 행성을 국민 체조

대형으로 정렬해 보라는 것과 같다. 왜 그래야 하는지도 모르겠고 결과적으로 안 된다.

2   새로운 일을 시작하고 준비하기까지 많은 시간이 걸린다.

뭔가를 하려 할 때, 시간을 가장 오래 잡아먹는 항목은 '마음먹기'다. 나는 하고 싶은 것이나 해야 하는 것들을 모조리 상상한다. 머릿속의 나는 이미 그 일을 몇 번이나 해냈다! 온갖 상상력을 동원해 다양한 엔딩을 섭렵한 탓인지, 진짜 시작할 에너지가 고갈되어 버린다. 모순적인 것은 완료 기한까지 얼마 안 남았다는 생각이 유일한 동기 부여라는 점이다. 보통 '좆됐다'는 확신이 들 때부터 후다닥 움직인다. 그리고 어찌어찌 해낸다. 진짜로 망할 수는 없으니……

3   동시에 여러 가지 일을 시작하지만 끝마치기 어렵다.

밥 먹으면서 책을 보다가, SNS를 켠다. 그때 문득 세탁기 속 빨래가 보인다. 건조대가 꽉 차 있으니 우선 마른 빨래를 갠다. 중간에 재미있는 생각이 나 사진을 몇 번 찍고 친구에게 전송한다. 시계도 보고 싱크대도 한 번 본다. 벌써 3시인데 설거지하기 싫다는 생각을 하며 물을 마신다. 아 참, 책 읽는 중이었지, 하다 보면 먹다 만 밥상과 개지 않은 빨래가 보이는 것이다. 내겐 작은 일도 큰일도 이런 식이다. 혼자 밥 먹으면서 자리를 한 번도 안 뜨는 사람이 있다는 것을 오랫동안 믿지 못했다.

4 책을 읽거나 대화하는 도중 쉽게 주의가 분산된다.

분산된다기보다는 빨아져 흩날린다는 표현이 맞을 것이다. 나는 들쭉날쭉한 난독이 있어 거장의 명문은 물론 내가 쓴 글조차 잘 읽지 못한다. 독서라기보다는 해독을 하는 것 같다. 해독에 실패하면 자아는 끊임없는 몽상 여행을 떠나고, 책은 늘 새 책인 채로 책장에 남는다.

남들과 대화하기 힘든 것은 주변 소음 때문이다. 내겐 모든 소리가 적색경보라 백색소음 개념이 없다. 타인은 인지하지 못하는 작은 소리도 내게는 철판 긁는 소리처럼 거슬린다. 항상 소리의 근원을 헤아리며 두리번대기 때문에, 대화 시 주의가 쉽게 분산된다. 소음 없는 공간에서 대화하면 좀 낫지만, 그럴 땐 어쩐지 앞사람의 음성이 소음처럼 불분명하다.

5 어떤 일에 과도하게 집중한다.

이건 ADHD에 대한 가장 큰 오해와도 상통하는데, 사실 ADHD 환자는 어떤 일에도 집중을 못 하는 사람이 아니라 자기가 좋아하는 것에만 과몰입하는 사람을 말한다. 흥미가 없으면 집중력을 유지하기 힘들다. 반대로 흥미도가 높다면? 당연히 과하게 집중한다. 그래서 나의 과몰입은 때로 애먼 집착처럼 보인다. 몰입의 기준이 오로지 자신의 호불호지만, 자신조차 멈추지 못하기 때문이다.

6 정밀한 일에 주의를 기울이지 못한다.

정밀함과 내 주의력은 반비례한다.

7 조심성이 없어 실수를 많이 한다.

이건 내 묘비석에 한 줄 평처럼 새겨져도 반박할 수 없는 문장이다.

8 다른 사람 말을 귀기울여 듣지 않는다.

그건 다른 사람이 어떤 말을 하느냐에 따라 다르다. 내 앞에 앉아 떠드는 이가 용서받을 수 없이 지루하다면, 내 집중력 또한 지구 내핵으로 파고든다. 내겐 갑자기 바람 소리, 새가 지저귀는 소리가 명료해지고 이 콘크리트 건물이 세워지기 전 터를 잡고 살았을 원주민 두더지들의 억울한 호소까지 들려온다. 결국 이 질문에 대한 답은 '그렇다'이고 나도 내가 남의 말 좀 들었으면 좋겠다.

9 지속적인 정신력을 요하는 직업을 피하거나 싫어한다.

이 경우는 나의 호불호 문제가 아니라 그 직업 쪽에서 먼저 나의 특성을 거부한다. 짝사랑은 슬픈 것이지만 상호

혐오라면 해피 엔딩이라고 본다.

10 상황을 고려하지 않고 머리에 떠오르는 생각을 즉각적으로 말한다.

나는 상황을 고려하면서 아무렇게나 말하는 편이다. 남에게 상처를 줄 수 있는 말은 최우선적으로 자제한다. 아이디어를 낼 때도 '이건 된다!'라는 확신이 있을 때만 조심스레 말한다. 그럼에도 다들 내가 미친 농담을 한다고 생각하니까 이건 5점 만점에 2점이 적당하다.

11 지루함을 견디지 못한다.

나는 천국에 도착하는 즉시 지루함을 견디지 못하고 다시 태어나 버릴 것 같다.

12 불필요하게 끝없이 걱정한다.

일단 내 소중한 걱정들을 '불필요하다'라는 말로 싸잡는 게 기분 나쁘다. 걱정이 왜 나쁘단 말인가? 걱정은 인류가 망하지 않고 2021년까지 기어코 살아남은 원동력이다. 마음은 상했지만 사람은 정곡을 찔릴수록 길길이 분노한다는 이론에도 동의하기 때문에 만점을 내준다. 내가 하는 걱정들을 신명조, 13포인트, 줄 간격 160퍼센트로 출력해서 이으면 하루치로도 지구 세 바퀴 반을 돌 수 있다. 그럼에도 아직 안 미친 이유는 자고 나면 다 잊기 때문이다.

13 위험을 고려하지 않고 행동한다.

오해다. 충분히 고려한다. 행동에 반영하는 걸 까먹을 뿐이다.

14 질문이 끝나기도 전에 불쑥 대답해 버린다.

사람들의 질문이 너무 길다는 이의 제기를 하고 싶다. 질문에서 벗어난 장황설일 때도 많고, 동시에 서너 가지를 묻는 사람도 정말 많지 않은가? 하지만 맞긴 맞다. 나는 물음표 살인마이자 물음표 커터다.

15 차례를 기다릴 때 초조하고 답답하다.

맞다. 오래 줄서야 하는 일은 거의 포기한다. 어쩌다 서 더라도, 미적대고 답답하게 구는 사람을 보면 교양머리도 없이 화가 난다. 그럴 땐 내 머리통을 치고 싶다. "그만 욕해!"라고 머릿속 전두엽에 메시지를 전달하는 것이다.

16 술, 담배, 게임, 쇼핑, 일, 음식 등에 깊이 빠져든다.

나는 합법적으로 즐길 수 있는 모든 쾌락에 몰두한다. 누군가 눈살을 찌푸릴 때까지 하고 또 한다. 하지만 일에 빠진 적은 없다. 일에 대해서는, 일하기 싫다는 생각에 중독되어 있다. 이것도 일중독 중 하나라면 모든 항목에 동의한다.

17 가만히 있지 못하고 손발을 움직이거나 몸을 뒤튼다.

그렇다. 모션 추적 시시티브이 앞에 나를 두면 기계가 꺼질 일은 없다. 행동이 큰 건 아니지만 결코 정지하지 않는다. 가만히 두면 스트레칭을 하거나 다리를 흔들고, 손톱을 뜯고, 새로 자라나는 베이비 헤어를 뜯는다. 회의 시간엔 메모를 하거나 고개를 자꾸 끄덕거리는 식으로 듣는 척한다. 하지만 목적은 그저 움직이는 것이다.

18 말을 지나치게 많이 한다.

좋게 말하면 이야기보따리고 나쁘게 말하면 고장난 라디오다.

19 가끔 창조적이고 직관적이며 지적으로 우수해 보인다.

드디어 긍정적인 것이 하나 나왔는데, 이것도 맞다. 내가 마감 시간에 추격당하며 허둥지둥 끝마친 일들은 가끔 창조적, 직관적, 지적이라는 피드백을 받는다. 진짜 그럴 때도 있고, 눈속임일 때도 있다. 나는 남들처럼 생각하지 않아 망하는 편이지만, 한 번씩은 남들이 염두에 두지 않는 방식으로 성공한다. 내가 운이라 부르는 것들을 사람들은 '창의력'이라 말한다. 내가 "나는 운도 없고 창의력도 없다."라고 말하면 다들 창의력은 있다고 반쪽을 부정한다.

20   가족 중 우울증, 조울증, 약물남용, 충동조절장애가 있는 사람이 있다.

알 수 없다. 하지만 병원에 가서 진단을 받은 건 내가 처음이다.

21   돈을 충동적으로 쓴다.

그렇다. 나는 어떤 집단에서든 소액을 가장 자주 쓰는 사람이다. 내 돈은 고장난 물조리개처럼 줄줄 샌다. 사치 부리지 않는 방식으로, 스스로의 실수를 수습하며 거지가 된다. 마음에 든 물건의 재구매율도 높다. 자주 쓰니까 자주 잃어버리고 자주 부숴 버리는 것이다. 필요한 것들이 당장 손에 잡히지 않으면 당황스럽고 초조하다. 나는 기분의 노예이기 때문에 웬만하면 다 사 주는 편이다.

22   과속, 음주 운전 또는 과음을 자주 한다.

나는 단 한 번도 운전 법규를 어겨 본 적이 없다. 누구보다 결백한 무면허이기 때문이다. 운전면허를 사양함으로써 수천만 원의 돈을 아꼈다고 믿는다. 그 돈들은 전부 과음하는 데 쓰였다. 지금까지 쓴 술값을 모으면 우리 집 한 켠에 소주가 샘솟는 우물 공사도 가능하다. 술이 나오는 수도꼭지 같은 걸 맨날 생각할 만큼, 과음을 자주 하며 좋아하는 사람이다.

정신과는 마법 상점이 아니었다

맨 처음 나를 정신과로 이끈 건 흡연 문제였다. 몹시 어릴 적부터 담배를 피웠는데 일단 시작하자 어느 순간에도 끊을 수 없었다. 나는 중독 성향을 경계했다. 동시에 중독을 경계하면서 중독되는 것에도 익숙해졌다. 하지만 흡연으로 인해 남자 친구와 헤어지게 되자 담배 따위를 떨쳐 내지 못하는 인생이 누추해 보였다.

돌이켜 보면 흡연보다, "담배를 끊느니 널 끊겠다."라며 패악을 부린 게 나빴다. 그러나 그는 갔고 나는 재떨이가 된 기분으로 혼자 남았다. 내 계획은 애인과도 담배와도 멋지게 이별해 가벼워지는 것이었으나 홍수 같은 흡연 욕구를 몇 시간도 참아 낼 수 없었다. 굳게 결심할수록 구리게 실패하는 삶 때문에 결국 정신과를 찾게 되었다.

가면서도 정신과가 어떤 곳인지, 어떤 사람들이 가는 곳인지 잘 몰랐다.(궁금하지도 않았다.) 방문도 충동적이었고 내 안의 정신과 이미지 역시 부정확으로 얼룩져 있었다. 나는 그곳을 대충 '음울한 사람들의 마법 상점' 정도로 여겼다. 믿거나 말거나지만 믿기로 하면 비타민이든 홍삼캔디든 줘 여 주는 곳 말이다.

오래된 일이라 모호하지만, 첫 방문 때는 오히려 ADHD 얘기가 곁다리였다. 내 상상 속 ADHD는 어쩐지 알레르기 같은 느낌이었다. 개인 체질이지만 조심하고 약을 복용하면 어떻게든 피할 수 있고, 자극원과 멀어지면 병증과도 안녕일 것 같았다. 그래도 내게 무슨 병이 있다면 약을 쓰고 싶었으므로 상담 직전 전반적인 삶과 애로 사항을 글로 적어 갔다.

"혹시 제가 '그거'라서 담배를 끊기 어려운 건가요?" 묻기 위해서였다. 그때 ADHD가 아니라는 확신이 필요했던 건지, 아니면 너무 ADHD여서 금연 또한 노력의 문제가 아님을 확인받고 싶었던 건지 모르겠다. 하지만 담배를 못 끊는 이유는 궁금했고, 삶을 통틀어 내가 '매번 왜 이러는 건지'도 궁금했다.

의사 선생님은 나를 보고 정지음 님은 담배를 끊는 것보다 ADHD 쪽이 훨씬 문제 같다고 했다. 자세한 건 검사를 해 봐야겠지만 거의 확실해 보인다는 진단이었다. 그리고 금연 약 따위 없다고 못 박았다. 굳이 찾자면 비슷한 뭐가 있긴 한데, 다른 용도로 쓰이는 약의 부작용을 작용으로 삼을 뿐 해결책은 못 된다는 거였다.

나는 금연 약이 아니면 ADHD 약이라도 달라고 말했다. 공기처럼 당연해서 문제의식이 없었지만 어릴 때부터 약을 좋아하는 편이었다. 영양제를 맹신하며 깃털 같은 두통에도 진통제를 쓸어 먹었다. 고통이 싫다. 안식은 좋다. 어차피 진실로 두려운 건 고통 자체가 아니라 고통에 손 놓고 있을 수밖에 없다는 무력감이 아닌가. 그때는 정신과에서 빈손으로 귀가하는 게 오히려 정상인의 세계에서 추방당하는 일 같아서 아찔했다.

"ADHD의 경우 검사 진행 후 확진을 받아야만 처방이 가능합니다. 그냥 줄 순 없어요. 이 약이 공부 잘하는 약으로 오남용되기도 하는데 ADHD 아닌 사람이 먹으면 심각한 부작용이 올 수 있습니다. 게다가 검사비와 약값도 만만치 않아서 잘 생각해 보셔야 해요. 비보험이고 질병 코드가⋯⋯."

나는 마법 상점 주인을 독대하며 '엄청 똑똑한 의사도 마음대로 할 수 있는 건 별로 없구나. 그런데 책이 많네. 이걸 다 읽은 건가?'라는 상념에 빠져 있었다. 원장님이 「포켓몬스터」의 오 박사를 닮았다고, 그래서 그 앞에 손을 포개고 앉은 내가 포켓몬 같다고도 생각했다.

가끔은 슬픈데도 잡생각을 한다는 것 때문에 슬픔의 진위를 의심하게 되었다. 너무나 궁금해 한달음에 달려온 병원이면서, 진료 자체를 지루해하는 내가 남처럼 낯설었다.

남 같은 나를 되돌리기 위해, 하루빨리 필요하다는 검사들을 진행하고 싶었다. 하지만 정신과 검사는 번개 모임처럼 성사되는 게 아니었다. 일주일을 기다려서야 뇌파 측정, 지능검사와 우울증 검사, ADHD 검사 등등을 진행할 수 있었다.

지금도 가끔 하는 자율신경계 검사의 경우, 머리에 금속 띠를 두르고 팔다리에 집게 같은 걸 매단 채 앞만 보고 버텨야 해서 정말 힘들다. 안과에서 눈 감고 벌건 빛을 쬐는 치료와 비슷하게 지루하다. 내 생각에 폰도 없이 앞만 보게 하는 건 디지털 체벌 같은 것이었다. 돈 내고 이런 형벌을 받다니 미친 것 같다는 생각이 들 때쯤 검사가 끝난다.

나는 정말이지 내 실체와 정체, 내면의 내면의 내면의 내가 궁금했다. 하지만 검사 내내 한 생각이라곤 잘못했으니 빨리 집에 보내 달란 것뿐이었다. 검사들은 너무 길었고, 진지했고, 종류가 많았다. 어떤 건 쓰는 게 아니라 즉답을 요구해서 더 헷갈리고 불안했다.

이런 현상이 나타나는 이유는…… 예약을 잡고 기다리는 동안 ADHD란 키워드에도 흥미가 식었기 때문이다. 집에서 땅굴을 파느라 지쳐 검사자가 응당 가져야 할 관심이 죄다 소진된 것이었다. 게다가 정신과는 묘하게 기 빨리고 신경이 곤두서는 곳이어서, 마지막엔 물기가 버썩 마른 밀대 걸레 같은 상태로 검사를 끝마치게 되었다.

결과는 검사 일주일 후에야 들을 수 있었다. 검사 결과가 어떻게 나올지 불안했지만, 모를 때의 불안이 안 뒤의 불안보다 낫다는 걸 그땐 몰랐다. 뭔가를 모른다는 건 때로 위험에 노출되지 않았다는 뜻이었다.

일주일 후, 나는 스스로의 본질에 다가선 대가로 본질이 원래 붕괴되어 있었다는 진단을 받았다. 담배나 끊을 때가 아니었다. 다음 남자 친구를 찾을 때도 아니고, 술이나 커피를 퍼마실 때도 아니었다. 내가 정말 포켓몬이면 좋겠다고 생각했다. 이번 삶은 여기까지만 나대고, 몬스터볼에 들어가 평생 숨고 싶었다. 사람들이 초라한 나를 알아챌까 두려웠다. 하지만 나를 가장 움츠러들게 하는 건 역시, 나 자신의 시선이었다. 나는 정신과 환자가 된 내가 낯설고 징그러웠다. 그래서 얼마 동안 나를 버렸다. 나를 버리는 일은 너무 쉬웠고, 그 당시 나의 최선이었다.

ADHD, 경계성 지능장애, 우울증

"검사 결과 정지음 님은 ADHD가 맞습니다. 정확히는 주의력결핍 우세형입니다."

정작 이 말을 들었을 때는 생각보다 충격적이지 않았다. '역시는 역시구나.' 겸허히 받아들였던 것 같다. ADHD이거나 아니거나. 확률이 50대 50인 상황이라면 인생은 대개 나에게 나쁜 쪽을 줬다. 나는 절망을 인내하는 덴 약해도 절망이 노크해 오는 순간엔 익숙했다. 그런 나를 대혼돈에 빠뜨린 건 의외로 '웩슬러 지능검사' 결과였다.

본래 나의 학습 능력은 극과 극이었다. 국어나 사회 과목을 잘하고 나머지는 전멸이었다. 특히 영어나 수학은 어떤 시험이든 0점에 수렴했다. 수능 외국어와 수리 영역조차 9등급이었지만 별 신경은 쓰지 않았다. 언어나 사회탐구 영역에서는 무리 없이 높은 등급을 받았기 때문이었다. 하지만 웩슬러 지능검사 결과표 속의 나는, 과목 편식이 심한 정도가 아니었다. 의사 선생님도 내 검사 결과가 다소 비정상적이라고 했다.

"여기 보시면 네 가지 영역이 있어요. 언어이해, 지각 조직, 주의집중, 처리 속도인데요. 보통 네 가지 지표가 비슷하게 나오는데 정지음 님은 두 가지가 평균을 너무 웃돌고, 두 가지는 너무 떨어져요."

"……."

"떨어지는 수치들은 경계성 지능장애 수준이에요. IQ는 높지만 능력 간 편차가 이렇게까지 크면 뛰어난 능력도 발휘되기 힘들어요. 떨어지는 집중력이 나머지 요소들의 발목을 잡는 거예요."

개중에서도 '경계성 지능장애 수준'이라는 말이 충격을 폭발시켰다.

"우리 학교 다닐 때 보면 특수학급 친구들 있잖아요. 그런 수준이에요."

경계성 지능장애 '수준'이란, 지적장애인과 일반인의 경계선에 내가 있다는 얘기였다. 솔직히 털어놓자면 사는 내내 스스로가 약간 요령 있는 스타일이라고 생각했다. 남들만큼 노력하지 않아도 평균 언저리는 웃도는 타고난 게으름뱅이 말이다. 하지만 웩슬러는 내가 평균에서 참 멀다는 사실을 고발하고 있었다.

왠지는 몰라도 나는 평생 내가 천재는 아닐지언정 범

재는 되는 줄 알았다. 아니, 영재가 되려다 만 떨거지 같기도 했다. 나를 구성하는 지독한 양극단의 요소들이 가끔씩은 찬란하게 빛났기 때문이었다. 나는 약간의 영광으로 큰 하자들을 독려하며 인생의 기울기를 견뎌 내고 있었다. 성격 면에서도 그랬다. 다소 얼렁뚱땅에 멍한 구석이 있고, 꼼꼼하지 못하고 말도 톡톡 쏘지만 털털하고 명랑하니까 봐 줄만 하다고 믿었다. 내가 질환 특성을 이겨 내지 못하는 식으로 몰개성할 줄은 상상도 못했던 것이다. 나의 그릇이 단지 ADHD를 담고 있을 뿐이라면, ADHD를 뺀 '진짜 나'는 어디에 있는가? 증상 외의 자유의지가 내게 있기는 한 것인가? 마침내 나 같은 사람이 나뿐이었던 이유를 확인했는데, 그건 전혀 유일하지 않았다.

심지어 자율신경계 검사에서조차 편차가 컸다. 나란 인간은 조화로운 구석이 하나도 없고 들쭉날쭉하기 짝이 없었다. 내 몸과 머리는, 나 하나 건사하면 되는 주제에 왜 그리 협력을 못 하는지, 왜 내적 능지처참을 벌이고 있는지 참담했다. 스트레스 지수도 인지하던 것보다 높았고 몰랐던 우울증까지 발견되었다. 나는 너무 슬퍼 터진 생수병처럼 눈물을 짜냈다. 자존감은 완전히 젖어 곰팡이투성이가 되었고, 눅눅한 마음에서도 코를 조롱하는 듯한 냄새가 났다.

내가 그 단어의 주인공이 되었기 때문에, '비정상'이라는 단어에 노이로제가 생겼다. 의사 선생님은 내게 콘서타나

스트라테라가 필요하다고 했다. 저번에 아무 생각 없이 달라고 했던 ADHD 약이 생명수처럼 처방됐다. 정신과에 편견이 있는 건 아니었는데 우울증 약까지 바리바리 타고 보니 미치광이가 된 느낌이었다.

"지음 님의 치료 목표는 남들보다 뛰어나지는 게 아니라, 딱 남들만큼만 할 수 있게 되는 거예요."

"네."라고 했지만 실은 참 거지 같은 목표라고 생각했다. 날고 기어 봐야 고작 평균이라면 날거나 기려는 시도 또한 무의미했다. 터지려는 약봉지를 볼 때마다 비관과 안정감이 동시에 들었다. 비율로 따지자면 비관이 8, 안정감이 2였다. 약을 삼키면 잠깐 안정되었으나 그 네 배의 시간을 괴로워해야 다시 약 먹을 시간이 되었다.

나는 자주 자신을 비하하고, 동정해 주다가 비약에 빠져들었다. 내가 사람들이 쉽사리 알아챌 수 없는 종류의 불구라는 느낌이 들었다가도, 누군가 "너 이상해.", "넌 특이하다.", "왜 그런 식으로 생각해?"라며 호기심을 보일 때면 '아니, 난 사람들이 쉽게 알아챌 수 있는 불구다.' 따위의 절망이 드는 것이었다.

ADHD라는 사실을 털어놓으면 지인들은 그까짓 게 뭐 어떠냐는 위로를 건넸다. 너는 착하고, 웃기고, 뭐도 잘하고, 이것도 저것도…… 모자이크 같은 위로를 덕지덕지 붙여 주었다. 마음은 고마웠으나 정상과 비정상의 경계선을 밟아 버린 내겐 그 위로가 너무 멀었다.

　나는 그때, 너무 힘든 사람에게는 힘들지 말아야 할 이유가 들리지 않는다는 걸 배웠다. 그럼 어떻게 해 줘야 하냐고? 모른다. 죽어서 갈 지옥은 어느 정도 정형화되어 있는지 몰라도 사람이 자기 안에 스스로 만든 지옥은 곁에서 가늠조차 할 수 없다.

　ADHD 진단 후, 갑자기 외계인이 된 듯한 느낌과 성격적 개성이라 착각했던 것들이 오로지 병적 징후들일 뿐이었다는 이물감에 오래 괴로워했다. 그리고 몹시 외로웠다. 괴로움과 외로움은 너무 닮아 있어서 자음 한 개 차이로 구분된다. 우울증도 심해졌다. 내 생각에 우울증이란 액체적 징후 같다. 녹아 버린 심장이 빗물이 되어 내리는 현상이 24시간, 일주일, 365일 기약 없이 지속되는 일이다. 망망대해에 우유팩 뗏목 하나 띄우고 올라탄 기분. 나는 그 기분을 떨치려고 자꾸 타락했다. 통제 불가능한 악재보단 스스로 둔 자충수에 당하고 싶었는지도 모른다.

　나는 매일 술을 마시기 시작했다.

ADHD에 대하여

끊임없는 딴생각과 잦은 실수
계획 수립의 어려움
할 일을 망각하고 정리정돈이 미흡함
정신 집중에 어려움을 느낌
인내가 필요한 상황을 회피함

높은 창조성과 낮은 정확성
자극 추구 행동을 보임
알코올, 니코틴, 카페인 등 중독성 물질 남용
불규칙적인 수면 습관

과하게 수다스럽고 자주 실언을 함
대화 중 경청하지 못하고 불쑥 끼어듦

시간 관리의 어려움·잦은 지각
약속 잊기·약속 시간 미루기

감정 기복이 심하고 억제가 어려움
실패에 대한 불안과 우울감
불안정하고 충동적인 인간관계
외부 자극에 예민함

과소비
충동구매
요금 미납

손발을 과도하게 움직임
같은 자리에 오래 있지 못함
휴식을 잘 취하지 못함
물건을 자주 잃어버림

ADHD라고 하면, 많은 이들이 쉴 새 없이 꼼지락거리고 어디에도 집중하지 못하는 사람을 가장 먼저 떠올린다. 하지만 실제로는 집중력 부족과 과잉행동에서 훨씬 큰 문제들이 따라온다. 실제 ADHD를 겪는 이들은 대화를 나누고 물건을 챙기는 것에서부터 약속 시간을 지키고 업무를 실행하는 일 등 일상생활과 사적이고 공적인 인간관계 전반에서 어려움을 겪는다.

ADHD 진단을 받다

2장: 성인 ADHD로 살아가기

ADHD라도 뭐 어때 ㅑ용

ADHD 진단 후 내 인생은 망한 것처럼 보였다. 정확히는 망한 걸 빨리 깨달아 손해 본 느낌이었다. 검사를 안 했다면 익살스러운 멍청이로 천년만년 행복하지 않았을까? 나 자신을 아는 게 소크라테스의 말처럼 중요한 건 아닌 것 같았다. 쓸데없이 정교한 검사들 때문에 내가 완전 망한 걸 부정할 수조차 없게 되었다. 실제로 패배감이 컸으니 정직한 현상이지만, 어쨌든 나는 이상하게 고장나 스스로 회복할 수 없었다.

원래도 야망 없는 회사원이었는데, 성장이나 계발 가능성이 폭파되니 일 끝나고 할 게 더더욱 없었다. 출근도 끔찍했지만 퇴근 후 비어 버린 시간은 무저갱의 공포 자체였다.

이때부터 지독한 불면증이 시작되었다. 나는 희망도 없고 희망을 쥐어짜 낼 힘도 없어서 내일이 오는 게 싫었다. 잠들어 버리면 허락 없이 다가온 아침이 따귀를 때리는 진리에 억울함을 느꼈다. 아직 지난주의 우울도 소화하지 못했는데 오늘 몫의 사건들을 겹겹이 삼켜야 한다는 게 무겁고 무서웠다. 막다른 골목이라면 왔던 길을 되돌아가면 될 텐데, 억 겁의 진공상태에 둥둥 떠 있는 듯했다. 발 디딜 곳이 없다는 건 결박보다 나쁜 기분이었다.

돌이켜 보면, 당시 내가 왜 그렇게까지 망가졌는지 모르 겠다. 원래대로라면 몹시 슬퍼하며 자학하다 슬픔 자체에 질려 다시 기쁠 이유를 찾아냈을 것이다. 그런데 이 상태는 2년 이상 지속되었다. 짐작건대, 그리고 고백하건대 내가 술 과 정신과 약물을 오남용했기 때문인 것 같다.

당시 내 약들은 뇌를 각성시키는 콘서타나 스트라테라, 항우울제, 신경안정제, 위장약으로 구성되어 있었다. 의사 선생님은 담배는 맘대로 피우되 술만은 반드시 절제하라고 했다. 그 말들은 귓등까지도 닿지 못했다. 오히려 술이고 약 이고 불안할 때마다 먹었다. 매일 불안했으니 오남용 또한 매일 반복된 셈이다.

처방은 2~3주 주기였는데, 병원 재방문 날짜를 놓치는 날이 점점 많아졌다. 약의 개수가 예정에 안 맞게 들쭉날쭉 했기 때문이다. 만취해서 두 개씩 털어 먹기도 하고 며칠 동 안 아예 안 먹기도 했다. 진짜 까먹을 때도 있고, 나쁠 것을 알면서도 일단 삼키고 본 적도 있었다. 그때 내겐 백 년 건강 보다 한 톨의 위안이 훨씬 소중했다. 당장 여기가 지옥인데 몇십 년 후의 환갑잔치를 위해 건실하게 살아갈 힘이 나지 않았다.

그 짓거리로 실제 위안을 받았느냐 하면 물론 아니다. 술과 정신과 약을 같이 먹는 건 느린 자살과 똑같다. 알코올과 같이 섭취한 항우울제는 이상한 충동을 마구 불러일으켜서 당장 5분 후에 자살할 수도 있다. 나는 겁이 많고 고통을 싫어해서 피가 나지 않는 방법으로만 자신을 미워할 수 있었다. 내가 너무 밉고 싫어서, 나를 구하는 게 나의 의무라는 생각이 들지 않았다. 오히려 나를 고려장하고 싶다고 생각했다. 깊은 밤 지게에 ADHD를 싣고 굽이굽이 산봉우리를 넘어 마침내 버릴 수 있다면, 온전해진 내가 얼마나 좋을까 싶은 것이었다.

맛이 간 나날이지만 의외로 생활이나 대인관계에는 큰 문제가 없었다. 일반인들은 무단결근을 하거나 경찰서에 불려 가지 않는 한 고만고만하게 사는 듯 보인다. 동틀 무렵에 자든 아예 못 자든 아침 6시에는 부모님이 깨워 주셨다. 스트레스로 살이 쭉쭉 빠졌으나 누군가는 내가 예뻐졌다며 박수를 쳤다. 술만 먹는다는 사실을 들키기 싫어 매일매일 술 상대를 바꿨고, 그래도 시간이 남아 동호회까지 병행했다. 모든 게 엉망이어도 새로운 사람과 새로운 교양을 쌓아 가는 일은 얼마간 고양감을 주었다. 동호회 사람들이 나를 잘 모르는 게 위안이 되기도 했다.

큰 문제가 없다고 작은 문제까지 없는 건 아니었다. 부모님만은 불나방처럼 겉도는 나를 알아채고 걱정했다. 나는 무시했다. 구멍 난 마음 사이로 다정한 나무람들이 숭숭 빠져나간 것이다. 새로 사귀었으나 예전에도 만난 적 있던 남자 친구도 막 나가는 나 때문에 스트레스를 받았다. 엄청 싸운 후 결국 헤어졌다.

"남자는 너무 지겨워. 하지만 외로워. 누가 날 받아 주겠어? 그렇지만 널리고 널린 남자들 중 한 명은 나를 참아 주겠지!"

이런 식의 연애가 잘될 리 없었다. 너무나 당연하여 슬플 것도 없는 이별이 몇 건이나 생겨 났다. 신이 나를 구하진 않아도 그 남자들의 인생은 구해 준 것 같았다. 그때 내게 코가 꿰었으면 미치거나, 미친 나를 돌보거나 둘 중 하나였을 테니 말이다.

술에 취한다고 근심을 잊을 수 있는가. 전혀 아니다. 2D였던 근심은 3D, 4D가 된다. 잠을 잘 자는가. 그것도 아니다. 술이 숙면을 어떻게 방해하는지 설명하는 자료들이 깔리고 깔렸다. 술은 나쁜 놈이고, 착한 방법으로는 위안을 얻지 못하는 인간들을 등에 업고 승승장구할 뿐이다. 나 역시 만취해도 샤워나 출근 등 기본적인 것을 거르지 않아, 과하고 유쾌한 애주가처럼 보였다. 하지만 실상은 술로 담근 인간 피클일 뿐이었다.

그쯤 다니던 회사가 강남에서 경기도 외곽으로 사무실

을 옮겼다. 그곳은 유령도 떠난 것 같은 유령도시였는데, 개인 숙소 제공이라는 조건과 다소 파격적인 연봉 때문에 그만둘 수가 없었다. 솔직히 잘됐다는 생각도 들었다. 주변에 편의점 하나 덜렁 있는 곳이니 아무리 나라도 더 이상 싸돌아 다니지 못할 것 같았다.

하지만 나는 대학보다 그곳에 간 것을 더 후회한다.

나는 홀로 있을 기회로부터 도망쳤어야 했다.

그곳에서의 생활은 요양이 아니라 고립이었다. 전에는 '혼자'라고 느껴도 군중 속의 고독이었는데 이젠 진짜 물리적으로 혼자인 거였다. 내가 생각보다 가족들과 친구들을 사랑하고 있음을 깨달았다. 못 보게 되니 그리워진 심보일 수도 있지만 어쨌든 외로웠다. 지루했고 고루했고 기약이 없었다.

유유자적 취미 계발을 하리라 다짐했는데 매일 술만 마셨다. 그 전에도 만취한 채로 욕조에서 잠들어 어머니의 비명을 유발하거나 필름이 끊겨 들개짓을 하는 등 소소한 해프닝이 있었지만, 기분 좋은 선에서 끝낼 때도 많았다. 집에는 부모님이 있어 술은 늘 밖에서만 마셨고, 아무리 나라도 귀가할 때 쓸 정신은 본능적으로 남겨 놓았던 것이다.

그런데 여기는 술을 집에서 마실 수밖에 없는 구조였다. 음주량은 두세 배로 늘고 출근 시간에도 못 깨어나는 일이 허다했다. 사장이 자주 자리를 비워 안 들켰지만 지각도 밥 먹듯이 했다.

술 먹고 우는 기상천외한 버릇도 생겼다. 사람들과 마시면 울고 싶은 기분이라도 웃게 된다. 술 먹고 우는 건 파렴치한 주정의 대명사 같은 것이니까, 차라리 웃어 버리게 된다. 그런데 혼자 병나발을 불다 보니 문득 울지 않을 이유가 없다는 생각이 들었다. 나는 슬프고, 곁엔 아무도 없는데 왜 참는단 말인가? 내게 운다는 행위는 일종의 배설이었다. 비워 낸 만큼 우울감이 차올라도 묵은 슬픔보단 새로운 슬픔이 낫다고 믿었다. 게다가 한바탕 울면 기력이 쇠해서라도 잠들 수 있었다. 슬퍼서 울고, 슬프지 않아도 곧 슬플 것이니 울고, 너무 사랑하는 내가 너무 싫은 상황에 처한 게 불쌍해서 울고, 그러다 보면 자기 연민이 역겨워 또 눈물이 났다.

바싹 말랐던 몸은 알코올에 절어 비대해졌다. 영양가 있는 살이 아니니 건강과 면역력은 약해졌다. 슬픈 가시나무에서 슬픈 돼지가 되어 가며…… 이런 생각도 했다.

'인생에는 기쁨과 슬픔의 무게가 정해져 있다는데 지금 슬픔이 몰렸으니 언젠간 안 슬퍼지겠지?'

당시엔 그 '언젠가'가 대체 언제냐고 또 울었지만 아마도 지금인 것 같다.

이 글을 쓰고 있는 지금, 나는 ADHD 진단을 받은 후 최고로 멀쩡하다. '잘 살고 있다.'라고 느끼는 순간이 내 인생에 오기는 올까 싶었는데 요즘 좀 잘 살고 있다. 술도 잘 안 마시고 약도 시간 맞춰 잘 먹는다. 음식을 절제하고 운동도 가끔 한다.

폭음을 끊은 비법은 따로 있는 게 아니었다. 어이없게도 난 음주에 질렸다. 그렇게 좋아하던 술이 갑자기 확 싫어져서 내키지가 않았다. 심할 때는 알코올중독 치료 도서를 사 읽기도 했다. 이것도 만취해 잘못 산 책이라(내담자용을 사야 하는데 상담자용을 샀다.) 효과는 하나도 없었지만 구속복을 입은 채 중독 병원 침대에 묶이는 상황만은 면하려고 그 책을 읽은 건 고무적인 일이었다.

노력했는데, 술 끊으려고 노력 많이 했는데 내 노력보다는 ADHD 기질이 강한 것 같았다. 알코올중독자가 되기 직전에 내 인생은 노력의 분야가 아니라는 걸 받아들이게 되었다. 나는 ADHD에 항복하고, 질환의 파편으로 존재하는 모든 '나'를 인정하기로 했다. ADHD와 나는 원심분리기에 돌려도 분리되지 않으니 차라리 공존을 택한 것이다.

원래 나의 좌우명은 '불광불급(不狂不及)' 혹은 '너에게서 나온 건 너에게로 돌아간다'였다. 정신과에 다니기 시작한 후로 '미쳤다'라는 말에 기피증이 생겨 '불광불급'을 탈락시켰다.

'너에게서 나온 건 너에게로 돌아간다.'

이 구절은 착하게 살자는 의미였지만 ADHD를 대입하

면 지독한 뜻이 되므로 역시 지워 버렸다. 지금 내 좌우명은 '뭐 어때 ㅑ용'이다. '뭐가 어때요'가 아니고 오타 그대로 '뭐 어때 ㅑ용.' 별 뜻 없지만 그 어떤 규칙성도 찾아볼 수 없는 배열이 내 인생과 닮은 것 같다. 지금도 심각한 열등감이나 불안이 몰려올 때마다 저 말을 떠올린다.

ADHD라도 뭐 어때 ㅑ용.
또 지각 했어도 뭐 어때 ㅑ용.
맨날 돈이 없어도 뭐 어때 ㅑ용.
끝맺을 말이 마땅치 않아도 뭐 어때 ㅑ용!

천방지축 어리둥절 빙글빙글 도는 학생

나는 성인 ADHD지만, 학창 시절이라고 멀쩡했던 건 아니다. 교실 속 내 모습은 「짱구는 못 말려」의 짱구 같았다. 비극은 짱구가 속 편한 다섯 살에 머문 반면 난 점차 나이를 먹어 갔다는 거였다.

10대 시절의 부주의함과 충동성은 불쑥불쑥 욕설을 내뱉는 것으로 드러났다. 슬프고, 어이없고, 화가 나고…… 이 모든 감정이 '시발' 한 마디로 완성되었다. 당시엔 내가 '시발'이라고 할 때마다 무엇을 잃게 되는지 몰랐다. 주변엔 비슷한 말투를 쓰는 친구들만 몰려들었고, 우리의 학교 생활은 함께 곤란해졌다. 차라리 '시발'이라고만 했으면 문제가 적었을지도 모른다. 나는 언어에 특화된 ADHD 소녀라서 성인들이 쓰는 모든 욕설의 심화 버전까지 구사할 줄 알았다. 오랜 별명 중 하나인 '아가리 파이터'도 중학교 때 탄생한 것이었다. 욕설 외에도 조롱과 비난과 시비와 말다툼에 능했고, 그 재주를 썩힐 절제력이 없었다.

학교가 학생에게 바라는 과업은 명확했다. 공부 잘하고, 착하고, 성실하기. 당연하고도 끔찍하게 난 그것을 이뤄 내지 못했다. 말투에 더해 수업 태도와 출결까지 엉망진창이었다. 제시간에 등교한 날보다 늦는 날이 훨씬 많았다. 너무 늦어서 차라리 결석했고, 등교를 해도 몰래 빠져나와야 마음이 편했다. 외출증 없이 외출한 후엔 친구들과 피시방이나 노래방에 갔다. 나중엔 출석부 속에서 결석, 지각, 무단 조퇴 표시를 마음대로 지워 버렸다. 자퇴면 몰라도 유급은 정말로 끔찍하기 때문이었다.

성적 또한 들쑥날쑥했다. 좋아하는 과목은 100점도 받았지만 싫어하는 과목은 한없이 0점에 수렴했다. 반에서 이렇게까지 편차가 큰 건 나뿐이었으므로, 어떤 선생님은 내가 얄밉다고 했다. 할 수 있으면서 보란 듯이 뺀질거린다는 거였다. 하지만 선생에게 0점을 보이고 싶은 학생은 없다. 내가 모자라게 굴었던 이유는 모자람을 연기하는 것처럼 보일 만큼 모자랐기 때문이었다. 나는 오엠알카드에 장난을 치는 게 아니라, 오엠알카드를 규칙대로 작성하는 것조차 어려운 아이였다. 수학 선생님이 날 고릴라 보듯 하는 게 좋아서 다 틀리는 것이 아니고, 수학적 사고력을 머릿속 무장단체에게 몰살당한 것뿐이었다. 내겐 영단어를 인식하지 못하는 증상도 있었다. 성인이 된 후에도 아주 기본적인 영어를 구사하지 못했고, '기초영어' 과목 때문에 대학교에서도 유급했다. 평생 그렇게 살아 이상한 줄도 몰랐지만, 영단어들은 내게 난해한 그림으로 보였다. jpg나 png 파일처럼, 단어 뭉치가 개별 이미지로 보이는 것이었다. 내게 txt로 인식되는 언어는 한글뿐이었고 그마저도 길면 독해력이 떨어졌다.

그러나 당시엔 학습장애나 품행장애라는 말이 생소하다 못해 없다시피 했다. 아무도 가이드를 주지 않는 삶 속에서 부적절한 느낌을 등대 삼아 자랐다. 내가 나쁜 사람이라 나쁘게 자라고 있다고, 나는 아마도 부질없는 어른이 될 거라고 체념하는 것이었다. 탁월하게 성장하지 못하리란 계시가 많고 많아서, 나는 귀찮게 큰 꿈을 꾸지 않았다. 내가 대통령이나 과학자, 판검사, 우주비행사…… 가 되는 모습 따위 그려지지 않았고 나라의 미래를 생각해서라도 그리면 안 될 것 같았다.

"공부 열심히 해야 훌륭한 사람이 된다."

하지만 나는 집중력이 없어 성취도 없는 아이였고, 내가 뭘 배워 가고 있다는 뿌듯함과 만족감도 느껴 본 적이 없었다. 아무도 날 가르칠 수 없다는 건 아무도 존경할 수 없다는 말과 같았다. 실제로 선생님들과 난 서로를 싫어했다. 나는 내가 얼마나 골칫거리인지 잘 몰랐고, 선생님들도 내가 ADHD라는 걸 몰랐으니 당연한 결과였다. 시시하게 어른이 된 지금 선생님들 개개인을 미워하진 않는다. 하지만 먼저 선(先) 자와 살 생(生) 자를 달고도 잔인했던 일부 선생님들의 과오를 잊지도 못한다. "술집 나가니?" 다섯 글자가 준 모멸감은 아직도 나를 조종한다. "관심받고 싶어서 일부러 그러는 거지?" 상담 선생님의 한마디는 내 평생 모든 상담의 가능성을 종결했다. 배가 부르다 못해 터졌다며, 중졸로 살아 봐야 정신 차린다던 사람도 있었다. 내 미래에 대해 다 알면서 어째 ADHD 하나만을 몰라 주었나 생각하면 웃긴 기분이 된다. 언젠가 만나면 그 시절의 폭언과 비난을 되돌려 주고 싶기도 하다.

어쨌든, "아이는 아이다운 게 좋다."라는 말을 나는 이렇게 해석한다.

아이는 자신을 보호하거나 해칠 수 있는 사람을 너무 우습게 보지 않는 게 좋다고. 어른들을 우습게 보던 내겐 언제나 안 웃긴 일만 생겼다. 매를 맞거나 벌을 받거나 아끼던 물건을 빼앗겼다. 10대 때 이런 일을 많이 겪으면 예민하고 방어적인 인간으로 자란다. 극도로 방어적인 인간은 자신을 지키기 위해 극도의 공격성을 주워 삼킨다.

그 시절 내가 숨긴 장래 희망은 그냥 '사람'이었다. '천방지축 어리둥절 빙글빙글 모두가 정신이 없는' 짱구 인생 말고, 훌륭하게 살지, 훌륭하지 않게 살지 결정권을 소유한 정제된 성년의 상태 말이다. ADHD 진단 후 엄청난 패배감에 휩싸인 데는, 이 미친 정신병이 내 10대를 홀랑 훔쳐 갔음을 아주 뒤늦게 깨달아 버린 이유도 컸다.

'나쁘게 살았다'라는 후회는 미미해도, '나쁘지 않게 살수도 있었다'라는 후회는 심각했다. 그것은 과거이자 현재였고 현실인데 환각이었다. 인생을 떳떳하지 않게 만든 수많은 실수들이 ADHD에서 기인했다는 것 때문에 오랫동안 내 병을 받아들일 수도 부정할 수도 없었다. 주변에 ADHD 아동이나 청소년이 있다는 사람을 만나면 그 아이들이 병을 이해할 수 있도록 도와 달라고 부탁하게 된다. 자신을 깨닫고 나면, 그 애들은 스스로를 인생의 반환점으로 삼을 수 있다. 어린 시절의 마음으로 몸만 자란 내가 결국은 혼돈을 극복하고 삶으로 나아갔듯이.

1,999번째 과음을 반성하며

만취 흑역사가 많은 나는 음주에 민감하다. 마시기 전에도 충동적인데 마신 후에는 충동적이다 못해 충격적이기 때문이다. 오랜 시행착오를 거쳐 약간의 절제를 획득했지만, 너무 슬프거나 기쁘거나 심심할 땐 여지없이 폭음을 해 버린다. 결정하는 것도 후회하는 것도 나라서, 대체 어쩌자는 것인지 나조차 혼란스럽다. 나는 행복하고 싶은 것일까, 애써 모은 행복을 탕진하고 싶은 것일까? 어쩌면 주량을 판돈 삼아 도박 같은 쾌락을 배팅 중인지 모른다. 아주 차가운 소주병을 볼 때마다, 이 밤의 내가 기막힌 경로로 쿨해질 거란 계시를 받는다. 실제로 좋아진 적은 없지만 어떤 착각은 1퍼센트만으로 완벽하여 절대로 깨지지 않는다.

숙취에 잠식당한 다음 날 나는 거의 죽는다. 음주 후엔 ADHD 약을 먹어도 효과가 없다. 약을 최선이자 최후의 보루로 여기는 내게 그런 무력감은 불길하다. 나는 곧 어젯밤의 모든 것을 후회한다. 그 사람들과의 재미가 너 자신의 안

녕보다 소중하냐고. 그렇다면 넌 건강하려는 위선을 버리고
네 멋대로 살라고 스스로를 몰아치게 되는 것이다.

　술자리에서는 본론을 피하려고 자꾸 웃고 농담을 했다.
내가 치는 장난들은 덤프트럭 같았다. 내가 타거나 남을 태
울 수 있고 힘센 장애물을 싸그리 밀어 버릴 수도 있었다. 심
오한 밤 고속 도로에 홀로 남겨진 기분일 때 제일 든든하고
튼튼한 수단이었다. 달릴수록 시시각각 피로해지지만, 숙명
처럼 달리고 만다는 점까지 닮아 있었다.

　그러나 장난이 진정 덤프트럭이라면 난 핸들링을 멈춰
야 했다. 세상 가장 난폭한 무면허이기 때문이었다. 나는 덤
프트럭의 운전법을 모르듯 장난칠 때의 엑셀과 브레이크를
몰랐다. 상대방이 허용하는 것 이상으로 가까이 가거나 상
대방이 저지하는 것 이상으로 멀리 가 멈춰 서기 일쑤였다.
그러곤 모든 기억을 잊었다. 술 먹고 말을 놓은 사람들과 어
색한 존대로 돌아갈 때마다, 우리가 인당 두 병 반 이상을
해치웠다는 사실에 놀랄 때마다 날 고소하고 싶은 기분이었
다. 어젯밤의 내가 어땠는지는 몰라도 오늘의 나와 협의하지
않은 건 분명했다. 애를 이렇게 만들면 어떡하나, 만신창이
가 되지 않았냐며 따져 묻는 나는 뻔하다 못해 뻔뻔하기도
했다.

　변명이자 변명이 아닌 사실을 말하자면, 술이나 담배,

쇼핑, 도박 등 중독성을 가지는 문제도 ADHD와 관련이 깊다. 의사 선생님은 ADHD의 둔감한 각성과 충동 제어 능력을 이렇게 설명했다.

"눈앞에 똥이 있다고 쳐 봐요. 보통 사람들은 그게 똥이라는 걸 알아챈 즉시 만지려던 손을 멈출 수가 있어요. 왜냐하면 똥이니까. 근데 ADHD 환자들은 똥에 다가가는 자기 손을 스스로 멈추지 못해요……."

똥 비유가 강렬했던 건지, 팩트 폭력에 두들겨 맞은 건지 나는 이 말을 오래 기억했다. 이해할 수 없는 충동이 나타날 때마다, 케이블티브이 드라마의 재방송처럼 선생님이 떠올랐다. 언젠가는 하루가 멀다 하고 똥 만지는 내 모습을 친언니에게 상담한 적이 있다.

"언니, 나 완전 미친 것 같아. 술을 너무 많이 마셔. 일주일 중 7일이야. 이젠 술을 안 마시면 잠이 안 와. 요즘은 손도 막 떨려."

그런데 언니는 나를 바보 취급하거나 윽박지르지 않고 무심한 격려를 보내왔다.

"그치만 네가 술을 많이 마신다고 해서 뭔가 크게 망하는 것도 아니잖아. 회사를 안 나가는 것도 아니고, 빚을 지는 것도 아니고 사고를 치는 것도 아니고. 힘들면 그냥 마셔. 계속 끊으려고 노력하면서."

문제를 인식하고도 키우기만 하는 내게 언니의 말은 위

로이자 색다른 제안이었다. 나는 혼날수록 삐치는 타입이기 때문에 언니의 방식이 잘 맞기도 했다. 새로운 관점으로 음주 후 내 모습을 돌아보았다. 지각하거나 못 씻고 출근한 적은 많았지만, 무단결근을 한 적은 없었다. 내 주정들 또한 나쁘다기보다는 과한 것들이었다. 소주 기준 두 병을 넘기면 자기 고백 욕구와 과잉된 감성이 흔든 콜라처럼 터지곤 했다.

"호항항, 내가 말이야, 사실은 말이야, 이랬단 말이야……."

만취한 나는 미치광이 철학자처럼 굴었다. 철학자가 미친 건지 미친놈이 철학을 하자는 건지 헷갈리는 모습이었다. 세상 만물을 궁금해하며 좋아했고, 싫어하는 것과도 1초 만에 사랑에 빠졌다. 그러다가도 언급한 모든 것들을 혐오하며 처음으로 돌아오곤 했다.

"좋아질 거야. 왜냐하면 난 사실 지금이 싫거든. 오늘이 최고로 나쁘다면 내일이 이보다 최악일 수 없다는 뜻이잖아. 근데 아직도 최상급의 최악이 있으면 어떡하지? 낄낄낄."

이만큼 마시면 상대방도 제정신은 아니므로, 우리는 서로의 말을 알아듣지 못하며 즐거워졌다. 나는 노래하고 춤추고 천일야화 같은 이야기 쇼를 벌이며 놀았지만, 그뿐이었다.

혼자가 되면 미뤄 놓은 슬픔들이 말벌 떼처럼 날아들었다. 집에 오는 길, 도어 락 버튼을 누를 때마다 멈춰 서서 울었다. 눈물샘과 문짝이 여기쯤에서 날 터뜨리자고 음모를 꾸민 것 같았다. 너무 힘들어서 도망쳐 보려는데 자꾸 똑같은 기분에 붙들리는 걸 믿을 수 없었다.

혼자 사는 집은 불을 켜고 싶지 않을 만큼 깜깜했다. 넘어지거나 물건을 밟고 나서야 내가 우두커니 서 있었다는 사실을 깨달았다. 물리적인 아픔으로 현실감을 획득하던 시절이었다. 겁이 많아 성공하지 못했지만, 어떤 밤의 어떤 마음이 자해로 이어지는지 조금 알 것 같았다. 마음을 통제하지 못하는 사람은 몸의 아픔을 통제하는 방법으로만 삶에 속할 수 있었다. 아직 살아 있음에 희멀건 안심을 느끼고, 아직도 살아 있음에 진저리 치며 동틀녘까지 생의 그림자와 싸우는 것이다.

정수리까지 술로 출렁거리던 시절, 이렇게 시간을 낭비해도 매일 어리다는 사실이 얼마나 가혹했는지 모른다. 그때 난 믿지도 않는 신의 눈에 띄려고 철딱서니 없는 시비를 자주 걸었다. 듣고 있으면 엿듣지만 말고 부도난 나의 삶을 압류하라고 치댔다. "나에게 반말한 인간은 네가 처음이야, 소원을 들어주지." 환장할 클리셰를 꾀하려는 시도였다. 그때 신은 나를 관람하며 웃거나 동정했을 것이다. 그까짓 힘 듦으로 유세를 떠냐며 꿀밤을 쳤을 수도 있다. 당시엔 실제로 두통에 시달렸고, 그게 심각하여 짐작 가는 무언가들을 전부 반성했다. 오우, 술 마시지 않을게요. 욕하지 않을게요. 짜증 내지도 않겠습니다. 그러니까 이 염병할 두통을 좀…… 아, 진짜 좀!

더 어릴 때의 나는 이따금 머릿속이 꽃밭이라는 비난에 기분을 다치곤 했다. 과하게 밝고 피상적이라 인생을 모른다는 빈축을 샀던 것이다. 그러나 세미 알코올중독자로 2년을 보낸 후엔 그런 평가도 사라졌다. 혹화하거나 진화하며 들이부은 술들이 머릿속 꽃들을 몰살한 모양이었다. 꽃밭을 복원하고 싶은 생각도 꽃처럼 살고 싶은 생각도 없기에 잡초가 무성한 지금의 내면도 괜찮다. 덧붙여 이왕 잡초라면 클로버가 가득하길 바라게 되었다. 술 없이 내 마음을 들여다보는 일이, 네잎클로버를 찾는 여정이 될 수 있도록 말이다.

나는 능동적 불면을 선택했다

격주로 토요일 11시엔 정신과에 간다. ADHD 치료 때문이지만 요즘엔 수면 부족의 심각성이 집중력 문제를 앞섰다. 10대 때는 하루에 열두 시간씩 자느라, 20대엔 불면증을 겪느라 제 구실이 힘드니 허탈한 노릇이다. 몇 개월째 서너 시간밖에 못 자고, 그마저도 새벽 3시가 넘어야 잠들었다. 나중에 안 사실이지만 수면의 불균형 또한 ADHD의 숙명이었다.

내 질환의 증상들은 때로 너무 사소하여 신과 같은 영향력을 행사했다. 나는 정말이지 잘 자고 싶었다. 내 몫으로 허락되지 않는 사소한 기분, 꿀 같은 단잠을 잔 후 "개운하다."라고 말하는 기분을 느껴 보고 싶었다. 아침마다 쩔어서 깨어나는 내가 심각한 저혈압인 줄 알았다. 혈압은 정상이지만, 저혈압이 아니면 컨디션이 이렇게 구릴 수 없으므로 그냥 저혈압이라고 믿었다.

올 때마다 불면이나 과수면을 호소하는 내게, 의사 선생님은 리듬감을 가지라고 말했다. 제때 일어나고 제때 자고 제때 먹는 걸 리듬화하라는 것이었다. 술 같은 나쁜 것은 먹지 말고, 술 마실 시간에 운동하며 체력과 규칙성을 찾아야 한다고. 스트레스를 견디는 내성은 일상적 리듬감에서 온다고 했다. 그의 말이 참이라면 평생 지독한 박치이자 개복치로 산 세월도 이해가 되긴 했다. 망가진 리듬으로 지새우는 이 밤들은 악보라기보다는 업보인 것일까?

"요즘 자는 건 어때요?"

"여전히 잘 못 자요."

"언제 자서 몇 시간씩?"

"새벽 3시 넘어 잠들고 7시쯤 깨니까 서너 시간씩."

"밤엔 뭘 하죠?"

"책 읽고 글도 쓰고 친구들이랑 톡도 하는데요."

"허허, 그러면 안 된다고…… 말씀드렸을 텐데요……?"

선생님은 대개 참지만, 얼굴에 다 쓰여 있다. 나도 피로를 참는데 눈 밑에 다크서클이 멍처럼 번져 있다. 우리는 안 친하지만 꽤 오래 봐서 얼굴만 봐도 몇 가지를 파악할 수 있게 되었다. 그래도 선생님은 프로라서 내가 거지의 텅 빈 돈통같이 사는 꼴을 몇 년째 격려해 주었다. 그의 프로 정신은 일찍이 내게 수면제가 좋지 않으리라는 진단을 내리기도 했는데, 잠자는 약은 의외로 나도 원하지 않는 것이었다.

나는 수면제가 무서웠다.

먹어 본 적은 없지만 그 덕에 잠드는 경험을 하는 순간 오남용 욕구가 폭발할 게 뻔했다. 나는 아마 극한까지 안 자고 버티다 버튼 누르듯 약을 삼킬 것이었다. 비상시에 먹으라는 사용법을 들으면 모든 순간을 비상시로 끌어올릴 것이었다. 규칙을 지킴으로써 규칙을 기만하는 것은 내 오랜 나쁜 습관 중 하나였다. 수면제를 떠올리면 잠을 지배하기 위해 약의 통제 아래 놓이는 내 모습이 쉽게 그려졌다.

게다가 잠 못 드는 원인도 알 것 같았다. 어떤 사람들은 매일 밤 쓰러지듯 잠든다는데 나는 그런 게 싫었다. 기절 같은 수면보다는 내가 원해서 잠을 불러들이고 잠도 거기에 응답하는 방식이 좋았다. 잠이 나만의 스윗 달링도 아닌데 부른다는 개념이 타당하냐고 묻는다면 할 말은 없다. 하지만 다시 말해 나의 불면은, 내가 잠을 부르지 않기에 오지도 않는 것이었다. 그건 내가 여덟 시간의 완벽한 수면보다는 책 보고 글 쓰고 친구들과 톡 하고 때론 그 세 가지를 동시에 하는 데 너무 큰 가치를 둔다는 말도 되었다.

자정이 넘어가면 깨어 있는 친구들도 없으니, 내가 진짜 원하는 건 스스로와의 고요한 대화일지도 몰랐다. 배달 오토바이가 아스팔트를 찢는 소리, 취객 무리가 고함치는 소리, 옆집이 비정상적인 볼륨으로 티브이 보는 소리는 사사건건 퇴근 후의 집중을 부수었다. 소음이 팽배한 순간에는 혼자 있어도 군중 속에서 시달리는 것 같았다. 여름밤이 싫은 이유도 늦게까지 와자지껄한 특유의 분위기 때문이었다. 반면 겨울밤은 조용하고 조용해서, 잠을 줄여 시간을 확보하는 만큼 혼자일 수 있었다.

새벽에 난 오로지 나를 위해 피곤한 일들을 벌였다. 뭔가를 쓰면서 하염없이 생각했다. 끊이지 않는 몽상들은 내가 ADHD로부터 받은 저주이자 축복이었다. 일상 속 상념들은 대부호가 애써 숨겨 놓은 유산 같았다. 타인에게 공유할수록 난감하고 위험한 상황에 빠진다는 점에서 귀한 건지 아닌 건지 헷갈렸다. 게다가 나의 좋은 생각들은 적기 직전 가루 한 톨 없이 사라지기 일쑤였다. 최상급 표현을 놓치고 보통들을 주워 엮는 나의 작문은 소모적이고 미웠다. 하지만 돈 한 푼 못 버는 일에 집착하자 아이러니하게도, 돈으로 살 수 없는 만족감이 생겨 났다. 단기 보상 없이는 쉬운 일도 못 하는 내겐 경이로운 경험이었다.

"그래서 잠을 못 자는 이유가 정확히 뭐라고요?"

"자는 시간이 아까워요. 잠들기 싫어요."

"하지만 일도 하시고, 고양이 케어도 하고…… 할 일은 다 하고 계신데요."

"근데 다들 고3 때 이렇게 살고 어른이 되잖아요. 저는 그때 너무 많이 잤어요. 그리고 이제는 스물아홉 살이에요. 저는 뭔가를 열심히 해야 돼요."

나는 진심이었다. 하지만 내가 자야 한다고 생각하는 선생님도 진심이라서, 우리는 좀처럼 의견 일치를 볼 수 없었다. 만약 정신과 의사와 끝내주는 의견 일치를 보는 날이 온다면 그때가 진료의 끝 아닐까.

진정 쉬기 위해 몸을 바짝 쪼인다니 내가 봐도 모순된 얘기다. 알람이 울릴 때마다 눈알이 꺼끌대다 못해 시리고, 꾸미지 못한 차림새는 늘 엉망이고, 집안 꼴 또한 내 건강과 함께 썩어 가고 있지만…… 의외로 모든 게 나쁘지는 않다. 멍징한 밤과 피곤한 아침을 오가는 동안, 나는 하루의 반을 잠으로 보내던 시절보다 확실한 마음으로 삶에 임하고 있다.

'지 결혼식에도 늦을 년'이라는
평가에 대한 고찰

사람들은 지각하는 인간을 싫어하고, 공교롭게도 나는 거의 매번 지각을 한다. 5분, 10분, 40분, 두 시간⋯⋯. 범위도 이유도 다양하다. 준비가 늦을 때도 있지만 넉넉히 여유를 둬도 길을 헤매거나 버스나 지하철을 잘못 타 결국 늦는다. 가장 일찍 나오더라도 가장 늦게 도착하는 일이 허다한 것이다.

그러면 욕을 먹는다.

"지 결혼식에도 늦을 년"이란 말도 참다 참다 폭발한 부모님에게 먹은 욕이다. 부모님만 날 욕하는 건 아닐 테니, 나의 외출은 어떤 선택지를 골라도 '욕 먹기'로 수렴되는 설계 미스 알고리즘 같다. 어쩌면 나는 집순이가 아니라, 밖에서는 정상인만큼 기능하기가 불가능하다는 걸 인정하고 요새에 틀어박힌 것일지도 모른다.

내 지각은 ADHD 증상들의 복합적 결과물이지만 이런 변명은 한국 사회에서 용인되지 않는다. 지각 앞에서는 모두 한마음 한뜻의 결과주의자가 된다. 내가 겪는 어려움을 아는 사람도 열이면 열 '다 떠나서 지각은 네 의지'라고 충고한다. 두 시간 걸릴 것 같다면 세 시간 전에 나오고, 세 시간 걸릴 것 같으면 네 시간 전에 나왔어야 한다는 말이다. 하지만 내 입장에서는, 그런 게 가능하면 애초에 ADHD가 아니라는 역설 때문에 답답해진다.

더 역설적인 건 지각을 안 하는 것보다 지각하고 사과하는 게 훨씬 쉽다는 것이다. 죄짓고 꾀만 부리는 놈 같지만, 너무 지각하다 보니 화내는 사람들의 심리를 학습하는 지경에 이르렀다. 사람들은 지각자보다 지각 후 뻔뻔하게 구는 사람을 백 배는 더 싫어했다. 이걸 머리로 알았으면 좋았을 텐데 경험으로 터득한 게 유감이지만 어쨌든 그랬다.

그래서 나는 지각이 발생하는 순간 연극적으로 비굴해진다. 이때 지각의 당위성을 구구절절 설명하는 건 최악이다. 사람들은 '용서하는 위치'에서 결정권을 행사하며 일종의 보상을 받자는 것이지 내 변명에 용서를 강탈당하고 싶은 게 아니기 때문이다.

"버스를 잘못 타는 바람에……"라고 한 다음 "내가 그것까지 계산하지 못해서 정말 정말 죄송"이라고 덧붙이는 게 내 나름의 생존 법칙이다. "10분밖에 안 늦었는데?" 대신 "10분이면 나폴레옹의 워털루 전투 승패가 바뀐 시간인데 길바닥에서 허투루 보내게 해서 미안합니다."라고 하는 게 훨씬 낫다. 나폴레옹이 진짜 10분 만에 워털루에서 졌느냐고 묻는다면, 그건 나도 모른다. 방금 지어냈으니 아마 아닐 것이다. 어쨌든 이런 점이 연극적 비굴함이라는 전략의 일면이다.

사실 나는 지각에 대한 도덕적 견해가 없다. 그래서 상대에게 미안함을 표시하는 만큼 실제로 미안한 건 아니다. 왜냐하면 진실로 노력했음에도 주의 지각력, 방향감각, 지도 해석 능력, 시간 설정 능력의 불균형을 극복하지 못해 늦었기 때문이다. 이런 이유들은 오로지 나에게만 현실적이어서, 나는 사람들이 어떻게 늦지 않을 수 있는 건지 궁금해진다. 30분 걸리는 루트를 정녕 30분 만에 찾아온다는 사실이 내게는 비현실적일 정도로 경이롭다.

하지만 그보다 앞선 통찰이 있다. 인간 세상 갖가지 갈등이 대부분 '미안하다는 한마디면 될걸 그걸 안 해서' 벌어진다는 것이다. 내가 뻔뻔하게 굴면 지각 이상의 갈등이 발생한다. 그게 진심으로 싫어서 내 연극적 사과는 결국 진심이 된다. 나는 거짓말을 못하니 사과엔 어떤 식의 진심이든 퍼 담아야 티가 안 난다.

ADHD를 겪으며 느끼는 건, 나를 위험에 빠뜨리는 것도 다시 구하는 것도 언제나 ADHD라는 것이다. 정상인이라면 아무 일도 없이 그저 0이었을 일상을 나는 마이너스 1000까지 곤두박질친 후 다시 플러스 1000을 회복함으로

써 얻을 수 있다. 한때는 그게 수치스러웠지만 이제는 그만큼 성장할 기회가 많은 것이려니, 돌고 돌아 360도면 결국 정상이 되겠거니 기다리기로 했다.

나는 사람들을 너무 기다리게 하며 살았기 때문에 내가 완성되길 기다리며 지루해할 자격도 없는 듯하다. 시간 개념이 없는 대신 약간의 염치가 있다. 그래서 내일도 '내가 왜 늦었냐 하면……' 대신 '왜 늦었든 미안하다'라는 말을 입에 담을 것 같다. 어쨌든, 종류가 무엇이든 진심을 가득 담아 말이다.

불완전하고 지속 가능한 청소 대작전

　나는 남들 같길 원하면서도 남들만큼의 일상적 작업을 소화하지 못한다. 일례로 청소와 정리가 있다. 서랍 한 칸을 비우든 집 전체를 갈고닦든, 두서없는 노력을 퍼부어 새로운 엉망진창을 창조해 낸다. 공간을 관리하는 것보단 공간을 무시하는 게 쉬워서, 어디서부터 손대야 할지 모르겠을 땐 아예 손을 놔 버린다. 더러운 상태를 처치할 수 없으니 안락한 딴짓의 세계로 떠나는 것이다.

　말끔하지 못할 뿐 청결 관념은 정상이라 물건과 스트레스가 함께 쌓인다. 내 방은 늘 얼기설기 엮인 옷가지와 책과 온갖 조그만 물건들, 그리고 자잘한 쓰레기로 고통받았다. 그 방을 공격하는 나도 그 방에 반격당해 어쩔 줄 모르니 슬픈 일이었다. 내가 조선 시대에 태어났다면 원작자보다 먼저 「우렁 각시」를 내놨을지 모른다. 현대인으로 살면서도 '우렁 총각' 같은 걸 너무 원하니까, 그 사람이 안 썼으면 무조건 내가 써냈을 것이다. 바로 이런 것들이 청소하기 싫을 때 도

피처가 되어 주는 상상이다. 조선 시대의 내가 우렁이 노동력이나 착취하는 풍경이 지금의 집구석보단 희망찼다.

내가 청소를 어려워하는 이유는…… 청소가 결과 지향적인 것 같아도 실은 과정 중심적이기 때문이다. 싹 치워진 상태를 위해선 공간의 체계를 파악하고 비움과 수납을 반복하는 행위가 필요하다. 체계적, 규칙적, 반복적 과업에 약한 게 ADHD인데 청소는 딱 그 능력만을 요구했다. 대학원에 가 본 적 없지만 청소에서 졸업논문 쓰기와 비슷한 불가능을 느꼈다. 나에게는 완벽한 정돈이 완벽한 논문만큼이나 불가능하다. 대학원생이 졸업을 미루듯 나는 청소를 미룬다. 스스로의 무능력에 대한 체념과 어쩌면 가능했으리란 미련을 동시에 느끼며 불안하게 휴식하는 것이다.

내 생각에 완벽한 청소란 안 버릴 물건들이 전부 제자리에 있는 상태인 것 같다. 하지만 자리는 고사하고 버릴 물건인지 간직할 물건인지를 판단하는 것부터 어렵다. 쓴 휴지, 배달음식 용기, 상한 음식물 같은 건 명확하다. 그런데 물만 묻은 키친타월, 잉여 나무젓가락, 놔두면 먹을지도 모르는 음식들은 어떡해야 하는가? 세련된 쇼핑백, 버렸다간 불이익이 있을 것 같은 각종 사용 설명서, 안 입지만 비싼 옷 등등도 마찬가지 갈등을 일으킨다. 갈등하다 보면 갈등에 대한 집중이 떨어져 물건들은 결국 제자리에 처박힌다. 이런 것들은 쓰레기가 아님에도 쓰레기처럼 내 곁을 지켰고, 때문에 비싼 월셋집은 가끔 싸구려 위안조차 되지 못했다. 여기로 귀가하는 자체가 한없는 심란함의 시작이다.

심란함 방지 차원에서 새해맞이 대청소를 했다. 발 디딜 곳 없이 헤집어 놓은 집에서 기억나지 않는 물건들이 뿜어져 나왔다. '이게 여기 있었네.'와 '있는 줄 모르고 또 샀네.'가 교차되며 살지도 않은 올해가 벌써 더러워지는 것 같았다. 미래를 재미있게 만들고 싶다면, 새해 첫머리에서 둘 중 하나를 선택해야 했다. 청결에 대한 욕구를 아예 버리거나 완전히 만족시키는 것이다. 우리 집엔 고양이가 있으니 진실로 선택권이 있는 문제는 아니었다. 나는 살얼음판 같은 청결 속에서 조심조심 살기로 했다. 일단 한번 깨끗하게 만들고 대청소가 필요 없게 신경 쓰자는 다짐이었다. 지속 가능한 청결을 위해 몇 가지 조건을 고심해 보았다.

첫째, 설레든 설레지 않든 버린다.

사실 나를 설레게 만드는 물건들은 쓸데없을 확률이 높았다. 과자에서 나온 캐릭터 굿즈, 구글 로고가 박힌 플라스틱 컵, 귀여운 캐릭터가 달랑거리는 다 쓴 펜 같은 것들이다. 쓸모 있어 보이는데 쓸모없는 경우도 있다. 스타벅스 다이어리, 향은 구리지만 한정판인 향수, 사이즈 미스로 팔다리 한번 못 껴 본 옷들…… 내가 그것을 방치한 세월은 그게 없이도 인생 잘 돌아간다는 증거다.

안 설레지만 '왠지' 버리기 아까웠던 물건들도 다 버렸다. 전 남자 친구가 준 인형, 화장품 샘플, 배스킨라빈스 스푼, 아이스팩, 변색된 흰 티…… 그런 건 다시 쌓일 물건들이라 현재의 것을 지니고 있을 필요가 없었다.

극단적으로 버리는 이유는, '버릴까 말까' 고민하는 순간 청소에 대한 집중이 깨지기 때문이었다. 추억에 얽힌 물건이 발견되면 나는 단번에 시간 여행자가 되었다.

"이때 참 재밌었지…… 누가 뭘 어떻게 하고 저렇게 해서 웃겼는데……."

쓰레기장 속에서 히죽대다 지치기 싫다면 물건에서 인간을 추출하지 말아야 했다. 차라리 내가 예능의 패널이고 5분 동안 버리기 게임을 한다고 생각하는 게 심정적으로 나았다.

봉투에 넣을 땐 아까워도 쓰레기장에 내놓고 오면 마음이 시원했다. 버린 물건을 그리워한 적은 거의 없다. 눈에 안 보이는 순간 놀랍도록 빨리 잊혔기 때문이다. 자꾸 버리는 걸 원칙으로 하면, 과소비도 예방됐다. 지금 사고 싶은 이것은 미래의 내가 반드시 버릴 물건이기 때문에 아예 들이지 않게 되었다.

둘째, 청소 장비를 업그레이드한다.

어떻게 하면 내게 빠릿빠릿 청소를 시킬 수 있을까 궁리하다, 청소에 따르는 준비 과정을 최대한 줄여 보기로 했다. 집안일을 미루는 이유 중 하나는 집안일을 위해 해야 할 집안일이 싫기 때문이었다. 걸레를 쓰려면 걸레를 빨아야 하고, 청소기를 사용하려면 칭칭 꼬인 선부터 풀어야 했다. 이런 것들이 머릿속 청소 시뮬레이션에서 큰 장벽이 되고, 광역적 '나중에'를 유발하는 것이었다. 부지런할 자신이 없어서 값이 좀 나가도 편한 도구들을 마련했다. 내가 안 좋아져도 세상이 좋아지고 있기 때문에 그저 도구를 교체하는 것만으로도 큰 도움이 되었다.

메인 무선 청소기와 핸디 무선 청소기, 무선 물걸레를 거쳐 7만 5000원짜리 센서 쓰레기통을 샀을 땐 모두가 날 비웃었다. 나 자신까지도……. 하지만 막상 써 보니 얼마나 유용한지 몰랐다. 손 안 대도 뚜껑을 열어 주고, 꽉 찬 봉투를 묶어 주며, 새 봉투 세팅까지 알아서 하는 쓰레기통이었다. 이 정도면 7만 5000원은 쓰레기통값이 아니라 내가 내게 해 주지 않는 노동의 값이었다. 쓰레기가 발생 즉시 쓰레기통에 들어간다는 것만으로도 집이 많이 깨끗해졌다.

셋째, 옷은 눈에 안 보이는 곳에 처리한다.

패션에 관심 없는 내가 옷을 사들이는 이유는, 외출 시 옷 고르는 데 쓰이는 시간이 힘들어서다. 손에 잡히는 대로 입고 싶어 손에 잡힐 만한 것들을 샀다. 그랬더니 옷 관리가 전혀 되지 않았다. 나는 현관문을 열면서부터 옷을 벗어 '던지는' 버릇이 있다. 옷들은 사탕 껍질처럼 버석거리며 아무 데나 쌓였다. 그럴 생각이 들 때는 얼마든지 옷장을 뒤집어엎지만, 그럴 생각이 전혀 안 드는 편이다. 여태까지 옷 관리가 안 된 이유를 생각하니, 옷을 너무 완벽히 관리하려 했기 때문이다. 칼각을 재 색깔별로 걸면 좋겠지만 그딴 일을 누가 한단 말인가? 그래서 이 점은 과감히 타협하기로 했다. 옷은 대충 둥글려서 안 보이게 처박아 두는 데까지만 수고하는 것이다. 옷은 옷장과 서랍에만 존재할 수 있다고 정해 두니 집이 깨끗해 보였다. 옷장 문을 열면 더럽지만, 문짝을 잘 활용하여 닫아 놓으면 된다. 사실 난 옷장이나 서랍 문을 닫기도 힘든 사람이지만 매번 옷장 대청소를 하는 것보다는 문짝 여닫기가 쉽다.

넷째, 냉장고 열 때마다 안 먹는 것을 하나씩 꺼낸다.

냉장고는 정말 두려운 곳이다. 신선한 희망과 썩어 빠진 피망이 스산하게 공존하기 때문이다. 냄새 비위가 약한 내게 상한 음식은 매번 똑같은 혐오와 두려움을 주었다. 그럼에도 자꾸 음식을 썩히는데 뭘 반성해야 될지도 알 수 없었다. 냉장고는 옷장과 비슷한데, 좀 더 프레쉬하게 역겨웠다.

가장 좋은 건 음료 외의 음식을 두지 않는 거지만, 자취 인생은 그렇게 만만하게 흘러가지 않았다. 요즘엔 뭔가를 꺼낼 때마다 아직 안 썩었지만 곧 썩을 것 하나를 함께 꺼낸다. 멀쩡할 때 처치하면 싫은 기분에서 끝나고, 혐오와 두려움까지 갈 일 없으니 차라리 지금 해내는 것이다. 내게 지금 이 순간이 가장 젊은 때이듯, 냉장고 속 음식도 지금 이 순간이 제일 덜 상했을 때라고 생각한다. 나는 그것들을 보내주어야 한다.

다섯째, 관찰 예능 촬영 중이라 생각한다.

앞으로 30분 후 일상 관찰 예능 제작 팀이 온다고 생각해 본다. 우리 집은 방송 카메라에 '비포' 상태로 소개될 수 있을 만큼만 지저분해야 한다. 그러면 당장 치울 것들이 보인다. 쓰레기, 음식물, 빨래 건조대, 속옷, 고지서 등등……이게 바로 나 자신도 몰랐던 1순위 처리 대상이다. 일단 남에게 보여도 되는 최소한의 상태를 만들고, 내가 만족할 수 있게 다시 정리하는 게 좋았다. 나중에 '애프터'로 소개될 우리 집을 구상하다 보면 뭘 치워야 할지 감이 오기도 했다. 제자리에 있지 않은 거의 모든 물건들이었다.

여섯째, 능력껏 적당히 한다.

완전무결하게 깨끗하려다 보면, 완전무결하게 더러워지고 만다. '소극적 완벽주의'가 얼마나 해로운지 내 인생을 보면 알 수 있다. '적당히 치울 거면 왜 치우냐? 나중에 한꺼번에 하지.'라는 생각이 현재의 너저분함을 지속시키는 것이었다. 게다가 '한꺼번에 완전 깨끗이' 하는 건 '대청소'였다. 일상적 청소에 대청소 같은 각오를 지불하면 청소와 나는 절교하게 된다. 완벽히 청소하는 것보다 청소를 '하기 쉬운 일', '나름 재미있는 일'로 단순화하는 게 훨씬 나았다. 그리고 정말 하기 싫은 날엔 건너뛰기로 했다. 내가 약간 지저분하다고 큰일 나진 않으니까…….

ADHD의 금전 감각

　나는 늘 엎어 버린 피자처럼 빈털터리가 된다. 앗, 하는 사이 금전적 긴장을 놓치고 땡전까지 다 털리는 것이다. 실제로 뺏기는 건 아니니 '털린다'라는 서술은 비겁하다. 그러나 정신 차려 보면 잔고가 텅 비는 것도 맞기에, 수동적 표현은 다시 추진력을 얻는다. 나는 장래 희망이 가난뱅이인 사람처럼 돈을 쓴다. 저축도 없고 저축 없이 승승장구할 묘수도 없으면서 무모하게 지출한다. 막상 잔액 부족이 뜨는 시점에는, 이 낯 뜨거운 사태를 만든 게 정녕 나인지 실감하지 못하게 된다.

　ADHD라는 단어조차 모를 땐 내 과소비가 인격적 미완성 때문인 줄 알았다. 철이 없어서, 애 같아서, 주제를 몰라서 가난하면서도 부자처럼 쓴다고 자책했다. 그러나 내가 힘들게 번 돈들은 모두 불완전한 전두엽의 제물이 되고 있었다. ADHD의 금전 감각은 충동성과 직결되고, 충동성 조절이 바로 전두엽의 역할이다.

충동 제어에 어려움을 겪는 난 고전적인 세 가지 욕망을 스스로 없애지 못한다. '사고 싶다', '가고 싶다', '하고 싶다.' 없애기는커녕 욕망의 수석 노예가 되기 일쑤다. 만수르도 워런 버핏도, 충동을 느끼는 모든 곳에 돈을 쓰진 않을 것이다. 어쨌든 그들은 버는 것보다 적게 쓰니까 부자다. 그에 비해 난…… 난 여왕개미처럼 사는 일반 개미 같다. 그래서 '개미쳤다'라는 생각에 괴로워하느라 헛된 돈과 시간을 쓴다.

거지였던 세월보다 무서운 건, 내가 지금도 거지고, 앞으로도 거지일 거란 확신이다. 버는 걸 못 모으기로 약속되어 있다면, 왜 번단 말인가? 그렇다고 안 벌면 매 순간 확장되는 씀씀이를 어떻게 감당할 것인가? 이 난제는 새삼 깊은 타격과 무력감으로 발전했다. 이 사태가 전부 '내 탓'의 영역이 되어 버린 거였다.

여태 나를 믿은 적 없지만 내가 열심히 바둥거린다는 사실은 믿었다. 나 말고도 이 시대의 젊은이들이 함께 가난하단 불균형을 믿었다. 돈 얘기를 하다 보면, 누구도 나처럼 막 나가진 않았지만, 우리가 별다를 거 없이 소시민 카테고리로 엮인다는 점을 믿었다. 나는 얄팍한 믿음으로 더 불안한 깨달음을 외면한 것일지도 모른다. 이 빈곤은 내 잘못이 아냐. 자본주의와 경제 정책의 실패일 뿐이야. 벌이에 비해 쓸 곳이 많고 물가가 비싸잖아? 그런데 실은 전부 내 탓이라니,

내게 '아낄 수 있는 능력'만 있었다면 굳이 떠올릴 필요가 없는 생각들이 발목을 잡는다.

충동 가득하여 비싼 것만 좇느냐면 그렇지도 않다. 차라리 명품이나 값비싼 게 많다면 낫지 않을까. 현물이 남으면 당장의 빈곤은 뿌듯해진다. 비상시 그것들을 되팔아 얼마간 연명할 수도 있다. 하지만 내가 사는 것들은 주로 뭔가를 즉시 해결하거나 무마하는 용도였다.

지각 위기에서의 택시비, 집에 깔렸지만 챙기는 것을 잊은 준비물, 부주의로 망가뜨린 물건의 복구 등이 그것이었다. 대일밴드나 연고쯤은 괜찮지만 지갑, 휴대폰, 코트 같은 건 타격이 컸다. 실수가 잦은 내겐 사람들에게 대접할 일도 많이 생겼다. "내가 미안해. 밥 한번 살게."라는 말을 지키기 위해 진짜로 사는 것이다. 어떤 사람의 적은 돈이 이렇게까지 펑펑 쓰일 수 있나 싶지만, 옳든 그르든 돈은 결코 저축이 되지 않는 경로로 통장을 떠나갔다. '어떻게 쓸 것인가?'라는 물음이 '어떻게 모을 것인가?'에 대한 답이라는 점에서 나의 소비에는 미래가 없었다.

큰 깨달음은, 절약을 위한 일반적인 방법들이 내겐 별로 도움이 되지 않는다는 사실이었다. 통장을 나누거나 가계부를 쓰거나 소비 직전 몇 가지 검열을 더 해 보는 방법들이 내게는 무효했다. 통장을 나눠 놓으면 아득바득 찾아서 쓰고, 가계부는 작성 자체가 불가능했다. 몇 년씩 노력해도 내가 버는 돈과 지불하는 돈들의 데이터를 한곳으로 취합하는 게 되지 않았다. 나는 'web발신: 출금' 문자가 와야 내가 무언가를 납부했다는 사실을 알았다. 미납금 독촉 알림이 떠야 지불이 밀리고 있다는 걸 인지했다. 통장을 더 만들려면 신분증이 필요한데 그런 것도 없었다. 이미 모든 신분증을 분실한 상태였기 때문이다. 잊거나 잃어버리거나, 잃어버린 사실조차 잊어버리는 게 내 삶이었다. 나는 아주 자유로운 금치산자 같았다. 계속 자유롭다간 실제로 금치산자가 될지도 모른다. 역설적이게도 금전 문제 때문에 고가의 ADHD 약을 놓지 못했다. 그 약은 비싸지만 충동 제어 효과가 있어, 결국 약값보다 많은 돈을 아낄 수 있었다.

약효는 꼬마 마법사의 미완성 요술 같아서, 믿거나 의지하기 좋지만 온 인생을 의탁할 정도는 아니었다. 약으로 급박한 충동을 눌러 놓은 후 나머지는 내 노력에 달려 있었다. 결실은 미미했다. 그래도 애쓰는 게 돈 쓰는 것보단 낫겠거니 하며 몇 가지 계율을 세우고 지키게 되었다.

첫째는 신용카드를 만들지 않는 것이다.

나는 이상하게 카드 애플리케이션에 텍스트로 찍히는 숫자들을 돈으로 인식하지 못했다. 카드 회사가 내어 주는 한도는 부루마블 머니 같았다. 진짜 돈도 못 아끼는데 돈 같지도 않은 돈을 어떻게 아낄까? '카드 한도', '마이너스통장'처럼 마이너스 부호를 달고 주어지는 돈들은 유해했다. 10개월 할부로 100만 원짜리 열 개를 사면 결국 일시불이라는 걸 뼛속 깊이 이해할 때까지 신용카드를 만들지 않기로 했다. 신용카드 자체를 비난하는 건 아니다. 다만 그것이 보장하는 혜택보다 더 많은 것을 지출하고 말 나 자신이 무섭다. 카드 쓰는 버릇 때문에 스스로를 미워하게 되는 상황은 너무 디테일하게 상상되어 이미 지겹다.

둘째는 결제 전 '이걸 안 사면 사흘 후에도 생각날까?' 한 가지만을 자문하는 것이다.

사람들은 보통 소비에 앞서 필요성, 편리함, 가성비, 재정 상황, 희소성, 재판매 가치 등을 전부 고민한다.(고 한다.) 하지만 여러 가지 질문은 나를 지루하고 혼란스럽게 만들어 '모르겠으니 일단 사자'라는 안일한 결론으로 이끌고 갔다. 그렇게 '일단 사 버린' 것들이 몇 개월 후 미개봉 쓰레기로 배출되는 것이다. 진짜 사야 하는 걸 안 사면 사흘 내내 불편하다. 잠깐 흥미를 끈 것들은 당연히 그 안에 잊힌다. 쓸모를 떠나 사흘이라는 관문을 두면 수많은 충동 소비를 막을 수 있었다. 그리고 소비의 우선순위도 잡힌다. 어중간한 것들을 포기하고 '사흘이나 기다릴 수 없는 것'들만 구매하게 되는 것이다.

셋째는 스스로 단기 보상 놀이를 하는 것이다.

미치게 하기 싫어서 정말 미치겠는 일이 있을 때, 나는 내 돈을 걸고 나를 회유한다. '대청소하면 10만 원의 무쓸모 소비를 허락하겠다'라고, 나만이 참여할 수 있는 이벤트를 만드는 것이다. 부지런히 집 안을 쓸고 닦은 후 예쁘지만 그다지 필요하지 않은 무언가를 사면 행복하다. 나는 깨끗한 집과 은근히 사고 싶던 물건 두 가지를 얻을 수 있다! 이런 내가 이상해 보이겠지만, 돈 아끼는 일은 정상적일 수가 없다. 절약에는 반드시 어떤 무리수가 따른다. 내가 할 수 있는 노력은 무리수의 색깔을 좀 바꿔 스스로의 흥미를 끄는 것뿐이다.

소비에 대한 문제는 인생 내내 나를 따라다녔지만, 그 어떤 편법으로도 고쳐지지 않았다. 소비이자 '습관'이기에 개별 건수보다는 타성을 이기는 게 중요했다. 타성에 젖기만 하고 이겨 본 적은 없는 내가 너무 큰 싸움을 시작한 건 아닌가 두려워질 때도 있다. 하지만 나와 싸우지 않으면 온갖 종류의 채권추심과 싸우게 될 테니 더욱 두려운 것을 맞닥뜨리지 않기 위해 노력한다. 억제에 대한 타성보다 무서운 분출이 세상에 너무 많다.

너무 시끄러운 고독

ADHD 구제법은 몰라도 파멸법 하나를 알고 있다. 그들 옆에서 반복적인 소음을 생성하면 된다. 부산스럽다고 소문난 질병의 환자들이 소음을 꺼릴까 싶지만, 대다수의 ADHD 환자들은 청각 자극에 취약하다. 크고 작은 소리들이 안 그래도 결핍된 집중력을 한층 흩어 내는 것이다. 진단을 받기 전에는 인간이 고작 부스럭대는 소리들을 두려워할 수 있다는 사실조차 몰랐다. 그래서 내가 왜 자주 패닉 같은 히스테리를 부리는지도 몰랐다.

이 정도 예민함이 정당하려면 내가 모차르트여야 할 것 같았다. 하지만 난 박치가 두드러지는 음정치였고, 절대음감 같은 반사이익도 받지 못했다. 내 문제는 데시벨이나 헤르츠의 영역이 아니었다. 이미 닿은 소리들의 수용 단계에서 내적 불협화음이 생기는 듯했다.

나는 내가 관여하지 않은 거의 모든 소리를 못 견뎠다. 티브이 소리, 시계 초침 소리, 공사 소리, 클랙슨 소리……

개중 최악은 사람에게서 나는 소리들이었다. 트림, 방귀, 너무 큰 말소리, 쿠울쩍 코 먹는 소리, 쭈압쭈압 음식을 씹는 소리, 쿠르르 컥컥 코 고는 소리, 크아왁, 큼큼, 흠흠 헛기침 소리. 이런 것들이 반복되는 공간에서 난 두려울 만큼의 환멸을 느꼈다. 소리가 아니라 웬 코딱지 총알이 귀에 다다다 닥 박히는 느낌이었다. 코딱지 총알은 단순 코딱지나 총알보다 훨씬 심한 것을 말한다. 욕설과 비속어 없이는 최상급의 재앙을 표현하기 힘든 내가 민다. 어쨌든 난 반복되는 소음에서 강박인지 불안인지 모를 것들을 느끼며 30년째 시들어 가는 중이다.

코딱지 총알에 난사당할 때마다 노이즈 캔슬링 헤드폰으로 방어도 해 보았다. 하지만 모든 사회생활에서 허용되는 방식이 아니었고, 들어야 하는 소리들도 전부 놓친다는 단점이 있었다. 소리가 물리적 통증을 동반하진 않았다. 하지만 왼쪽 귀의 소리들이 직선으로 머리통을 뚫고 오른쪽 귀를 만나는 듯했고, 오른쪽 귀의 소리들도 마찬가지로 왼쪽 귀를 쏘는 듯했다. 병적 징후를 더 가지기 싫어 언급조차 안 하는 식으로 외면해 왔지만, 너무 괴로워 이 모든 게 정신 영역을 쑤셔 댄다는 걸 인정할 수밖에 없었다.

내가 싫어하는 소리들은 남들도 보편적으로 싫어하는 소리였다. 하지만 사람들이 가볍게 싫어할 때 나는 거의 혐오를 느꼈다. 대다수가 혐오를 느낄 정도면 내 심정은 공포로 치달았다. 아주 멋진 남자나 아주 큰돈도 내 심장을 이렇게 뛰게 하지는 못했다. 내가 "안 들려? 이상한 소리 계속 나잖아." 하면 친구들은 "소리가 난다고?" 되물었다. 즐거운 수다를 재개해도 울고 싶은 마음을 떨칠 수 없었다. 소리가 커피 맛을 지울 때마다 서둘러 집으로 달려가고 싶은 마음뿐이었다.

그러나 본가도 시끄러웠다. 결국 많은 돈과 품을 들여 집에서도 뛰쳐나오게 되었다. 회사가 멀고 내 방이 좁기도 했지만, 가족들과 함께 사는 집은 통제할 수 없는 소음투성이였다. 최대한 눌러 참아 보아도 폭발 임계점이 높아지지는 않았다. 기질은 실력이나 취향이 아니어서 계발하거나 다듬을 수 없는 탓이다.

당시에는 가족들이 예민하다 항의하는 것조차 듣기 싫었다. 내가 방문을 박차고 "아아아악! 시끄러워!" 할 때에도, 부모님이 "아휴, 저게 또 시작이네." 할 때에도 당구 경기 중계나 FPS 게임 총소리, 누군가 코 고는 소리 따위가 끊인 적이 없었다. 공동생활에서 끊기는 건 늘 나의 인내심뿐이었다. 그러다 보면 인간관계도 끊기게 되니까 나는 혼자 사는 게 나았다. 실제로 혼자 살고 있는 지금 부모님과 자매들을 훨씬 더 사랑하게 되었다. 그들은 변하지 않았지만 그들을 감당하지 않아도 된다는 현실이 변했다. 어떤 사랑은 거리감에서 온다는 걸, 아니 거리감에서만 온다는 걸 독립으로 배운 셈이다.

회사에 다니는 이유도 근본적으로는 공간을 유지하기 위해서다. '조용'한 내 공간이 절실하지 않았다면 돈을 벌 일자리 또한 절실하지 않았을 것이고, 당연히 주 5일제에 꽁꽁 묶일 이유도 없었다. 상상 속에서 소리에 무딘 나는 남들이 한심하게 보더라도 본인에겐 타격이 없는 형태로 자유롭게 살고 있다. 현실 속 나는 조용한 집 유지비를 위해 시끄러운 사무실로 출근을 이어 간다.

나는 또라이 질량보존의 법칙보다는 소음 보존의 법칙을 믿는다. 어느 일터에나 이상한 소리를 자꾸 내는 사람들이 있다. 소리를 동반하는 습관을 주체하지 못하는 사람이 한 명 이상 존재하기 마련인 것이다. 나의 회사 생활은 공백 없이 반복되는 "큼크흠! 딸깍딸깍쾅쾅큼큼! 탁타타닥크흐흠! 와자작와자작빠빠흠흠큼큼딱딱드륵쿵쿵웡웡큼크흠!" 들의 연속이다. 사실 사람들의 잘못은 아니고, 나의 잘못도 아니고…… 우리가 너무 좁은 공간에 너무 가까이 있는 게 문제라고 생각한다. 하지만 이런 문제들은 인식만으로 개선되지 않는다.

아무도 믿지 못하지만 소음 때문에 '죽고 싶다'라는 단어를 빈번이 떠올린다. 진심은 아니고 폭발하는 불만에 가까워도 매번 사실이다. 소음의 사방면에 갇힌 나는 좀 더 심한 ADHD가 되었다. 아무것에도 집중하지 못했고 충동성이 널을 뛰었다. 조용한 공간에서라면 절대 내리지 않을 결정들이 너무 빨리, 아무렇게나 감행되는 것이다. 짜증 내거나 쩔쩔매는 데 온 에너지를 쓰고 나면 마지막엔 슬퍼졌다. '왜 이렇게 살지'와 '왜 이렇게 태어났지' 중 뭐가 더 비참한지 모르는 채로 주어진 시공간을 견뎌 냈다. 나도 인간이니까 아무 소리도 이웃도 없는 무(無)의 진공에 둥둥 띄워 놔도 미칠 테지만, 그게 차라리 소음에 감사해야 하는 이유는 되지 못했다.

피나도록 귀를 파면서…… 기질적으로 예민하다는 핸디캡에 대하여 자주 생각했다. 누군가 이토록 예민하다는 건, 그가 늘 화날 준비가 되어 있다는 뜻이다. 좋은 일이 있어도 곧 화가 날까 봐 기뻐하지 못한다는 뜻이고, 타인을 원망하기 싫어 결국 자학에 목 졸린다는 뜻이기도 하다. 나의 사랑과 우정과 일과 가정과 인격은 일단 나를 극복한 후에만 온전함을 흉내 낼 수 있었다. 하지만, 실제로는 나도 내가 버거웠다. 너무 높거나 낮은 나의 기준들을 맞춰 주느라 기분을 망치는 일들이 다반사였다. 밖에서 하루 종일 시달리고 온 날엔, 걸레짝이 된 체력으로 내 기분을 닦으며 밤이 저물었다. 내가 ADHD라는 이유로 1년에 몇십 번씩 이런 밤들을 견뎌야 하는 거라면, 너무 부당하지 않느냐고, 있지도 않은 신에게 말을 건넸다.

센서 기능이 고장 난 전두엽을 제사상 위의 사과처럼 따 버리는 상상도 자주 했다. 하지만 전두엽 절제술 같은 건 이미 과거의 유럽에서 대차게 실패한 것이었다. 병원에 상담해 보기도 했지만 소리에서 멀어지는 것밖에는 방법이 없다고 했다. "솔직히 제가 너무 예민한 게 잘못이에요." 예민함에 인격까지 버린 사람이 되지 않기 위해 내가 말한다. "오, 예 민한 건 나쁜 게 아니에요. 예민한 게 뭐가 나빠요." 선생님 의 집무실은 조용하니까 그는 일단 착하다.

복잡하고 거지 같은 세상. 내가 느끼는 것이 오롯이 나만의 느낌이라 외로운 세상.

하지만 다 내려놓고 생각해 보면, '시끄럽다'라는 나의 호소조차 일종의 소음일 것이다. 고슴도치 모양의 귀마개를 한 나 때문에 주변 사람들이 너무 따끔할 것이고, 그래서는 안 되고, 가장 쉬운 방법은 딱 한 명이 참는 것뿐이라는 것도 이해한다. 제 스트레스 하나 못 다루면서 타인의 스트레스를 챙기는 나의 위선이 웃기지만, 모두가 각자의 문제로 시끄럽고 고독하다는 사실을 이해하는 것은 중요하다.

자기 학대 사용법

가끔 머드 팩을 하는 기분으로 자기 비하의 늪에 빠진다. 내가 좋아하는 놀이 중 가장 변태적인 것이다. 나는 스스로를 비난하고 반박하길 즐기는데, 가학과 피학 중 어디서 쾌감을 얻는지 모르겠다. 장점이라면 남들이 하는 욕에 무뎌진다는 것이다. 누군가 내게 "넌 정말 싸가지가 없어."라고 하면, 나는 슬퍼하는 대신 이렇게 생각한다.

"한 발 늦었어요. 그 사실은 29년 전의 제가 먼저 발견했답니다. 아직 저의 고향이 엄마 배 속이던 시절에 말이지요."

그러면 욕을 먹고도 윙크할 수 있는 기분이 된다. 약간의 유머를 더하면 변형도 가능했다.

"저는 싸가지만 없는 게 아니에요. 집중력도 없고 기억력도 없지요. 두 사실을 조합하면 님이 지금 하는 말에 집중하고 오래 기억할 수도 없다는 얘기랍니다."

이런 말들은 자기 비하라기보단 상대에 대한 비아냥으로 들리니 입 밖으로 내뱉지 않는 게 좋다. 어차피 자학이기에 남들의 개입은 필요 없다. 타인 없이 타인의 공격을 시뮬레이션하며 방어 체계를 공고히 하자는 게 이런 짓의 목적이다.

나라고 애초부터 자학을 즐겼겠는가마는, 욕 권하는 사회에서 약한 개체가 살아남는 방식은 기형적일 수밖에 없다. 나는 ADHD이고 그건 사람들이 요구하는 수준의 기능인이 되기 어렵다는 뜻이다. 노력을 하든 안 하든 나는 약간 떨어진다. 비난에 쉽게 노출된다. 그런 나를 어떻게 지킬 것인지 궁리하다 악역도 선역도 내가 먼저 하자는 결론에 다다랐다.

하지만 절제 없는 자기 학대는 스스로를 끝없는 우울로 내몰기도 했다. 자학에도 사용법이 필요했다.

자학을 컨트롤하자면, 우선 그러한 행동의 무게감을 깨달아야 했다. 자학이란 오른손에 쥔 칼로 왼팔을 회 뜨는 것과 같으니 매번 반복되는 사소한 실수에 퍼부어선 안 되었다. 물컵을 엎고 나서, 10분 지각을 하고 나서, 만 원 정도를 허투루 쓰고 나서 피를 보자고 덤빌 일은 아니라는 거다.

엄중한 실수에만 자학을 허용하자 마음이 가벼워졌다. 원래는 나 자신에게 '쓰레기', '미친', '또라이'라는 말을 많이 썼다. 하지만 내일도 만나게 될 실수에 매번 너무 무거운 욕들을 배당하는 것 아닌가 의문이 들었다. 의문이 타당하다면 스스로에게 쏟아붓는 악담은 부당했다. 나는 사소한 실수에 대한 입장 표명을 하나로 통일했다.

"으음……."

이 의성어에는 사소한 실수를 더 사소하게 만드는 마법의 효과가 있다. 그리고 짧다. '난 대체 왜 이럴까'로 시작해 도통 끝나지 않는 구질구질한 독백이 머무르지 못한다. 건강하고 온당한 자학에는 '또'나 '매번' 같은 부사도 불필요하다. 순간적으로 순간을 애도했다면 쓰임을 다한 것이다.

반면 자학의 총공격을 벌여야만 하는 때도 있었다. 최근 나는 발전하지 못할 사이의 연인 후보와 헛이별을 자초했다. 사귀지도 않는데 차는 느낌의 발언을 하자니 마음이 불편했다. 어쩌자고 그와의 미래를 천년 후까지 계획했을까. 나는 왜 단순 불발을 가지고 이혼 같은 참담함을 느끼는 것일까. 내가 너무 빠를 때마다 스스로를 멍석에 말아 내버리고 싶은 충동에 휩싸이는데도, 이런 일은 자주 벌어졌다.

고백한 바와 같이, 나의 경솔함으로 타인의 마음을 훼손한 사건들은 욕먹어 마땅했다. 이런 때의 내겐 '미친 또라이 같은 쓰레기'라는 표현도 심하지 않았다. 그래서 실제로 해주었다. 난 정말 미친 또라이고 쓰레기다……. 대체 왜 이럴까? 또 이래 버렸고 매번 이러고 있으니 정말 한심하기 짝이 없다……. 금지된 표현들이 나를 실컷 물어뜯도록 두는 것이다. 사실 실제로 하는 욕들은 차마 적기 힘든 것들 뿐이니

나는 나 자신에게 눈물이 쏙 빠질 만큼 혼나는 셈이다.

그런데 자학의 스포츠 정신은 마무리 단계부터 빛났다. 내가 나를 비난하기로 했다면, 비난에서만 그치지 않겠다는 다짐도 뒷받침되어야 했다. 누굴 탓하겠는가만은, 어쨌든 난 패배했다. 스스로에게 욕을 바가지로 먹었다. 이쯤 했으면 누군가 나를 시무룩의 연못에서 꺼내 주어도 되는 거였다.

인생이란 결국 일인극이니 구원자의 역할 또한 나의 몫이었다. 경험상 남에게 영웅 역할을 의탁하면 반드시 후환이 있었다. 본인이 뿌린 슬픔은 본인이 회수하는 게 깔끔하고 옳았다. 그래서 나는 1인 2역처럼 빠른 태세 전환을 했다. 나를 욕하던 이유를 칭찬의 근거로 탈바꿈시키는 것이었다.

내가 정녕 미친 또라이 쓰레기라면, 그걸 인지했다는 점에선 가망이 있다. 대체 왜 이러는지는 모르지만 궁금해하니 언젠가는 답을 찾을 것이다. 모든 결론은 탐구에서부터, 모든 갱생은 후회로부터 기인하니 말이다. 또 이래 버렸고 매번 이러고 있지만 어떠한가? 멋대로 살기 힘든 세상에서 멋 부리길 멈추지 않는 것은 정력적이다. 자꾸 실패하고 실망하면서도, 사람에 대한 시도를 지속하는 나는 박애주의자일지도 모른다.

궤변에 변명이지만, 억지로 욕하고 수습하듯 칭찬하다

보면 내게 어떤 종류의 사랑이 필요한지도 깨닫게 된다. 이를테면 나는 덜 심각하고 웃어넘겨지는 식의 가벼운 느낌을 원했다. 나의 실수에서 파생된 사건들이 인스턴트 조크처럼 일회용이기를 바랐다. 우리 사이가 영원히 홀가분했으면 좋겠다는 소망을 담아, 내 안의 자학으로 죗값을 치렀으니 부디 무겁게 굴지 말아 달란 부탁을 담아, 나는 오늘도 내 인생에 첨언을 보태는 남들에겐 이렇게 대답한다.

"으음~ 오키~"

6년 차 ADHD가 많이 받는 질문

ADHD 치료 6년 차가 된 나는 꽤 강해졌다! '꽤'라는 표현으로 강도를 전할 수 있나 싶지만, ADHD 용사라면 알아줄 것이라 믿는다. 우리는 우리만의 마술 '두루뭉술'로 세상 모든 모호함을 고소하게 느낄 수 있다.

중견 ADHD가 되니, 완벽하게 낫지 않아도 괜찮다는 생각이 든다. 나의 모자람에 조마조마하지 않아 괜찮고, 괜찮다 보니 가속도가 붙어 괜찮고, 괜찮음에 싫증을 내 공연히 나빠지는 일 없이 괜찮아지고 있다. 썩 괜찮다는 느낌이 나를 썩지 않게 하므로 매일매일 새로운 마음으로 괜찮다. 다른 사람을 돌아볼 여유가 생겼다는 점에서, 인격적으로도 괜찮아지는 중이다. 나는 혹시 누군가 괜찮게 살 자격이 충분한데도 슬퍼하고 있을까 봐 마음이 쓰인다. 내가 이렇게 괜찮아지기까지는 몇 년의 세월이 걸렸는데, 돌아올 수 없는 나의 시간 대신 타인의 시간을 아끼고 싶다. 세상 누구도 그때의 나처럼 힘들지 않았으면 좋겠다. 그런 지독한 시간을 보내야만 괜찮아지는 거라면 ADHD와 우울증은 정말 나쁘다.

Q. 스스로가 ADHD라는 확신이 강하게 들지만 병원에 안(못) 가고 있다. 괜찮을까?

괜찮을 것이다. 일단 정신과 검사 후 ADHD 판정을 받으면 그 후론 도저히 아닐 수가 없게 된다. 치료를 지속하든 하다 멈추든 ADHD라는 단어를 볼 때마다 찝찝해진다. 병원 방문을 유예 중인 이 시점은 ADHD라는 단어에서 자유로울 수 있는 마지막 보통날일지 모른다. 보통날이 행복할지 치료하는 날들이 행복할지는 아무도 모른다.

치료비가 부담되거나 가족의 반대에 부딪히거나, 스스로 내키지 않거나 귀찮거나……. 병원에 못 가는 이유는 다양할 것이다. 하지만 자가 구제를 미루는 게 아니라, 당신에게 닥친 힘겨운 현실을 인내하는 중일 것이다. 나도 너무 우울하던 시절엔 침대 속에서 아무것도 못했다. 좀 나아졌을 때도 침대 속에서만 나아지며 오래 뭉갰다. 아무 이유 없이 무기력하다고 생각했지만, 세상에 어디 '그냥'이 있던가. 아무것도 하지 않던 시절마저 난 아무것도 안 하려는 목적에 열심이었다.

게다가 정신과 진료에는 돈과 감정적 비용이 함께 들었다. 처음엔 지갑만 들고 가면 되는 줄 알았는데, 그보다는 '자기 대면'과 '솔직함'이라는 추상적 개념을 파산 직전까지 지불해야 했다. 의사 선생님들은 말하기 싫은 것들만 골라 상냥하게 묻곤 했다. 정신과는 위험한 곳이 아니지만 끝없이 도망가고 싶다는 기분을 느끼게 했다. 뭐든지 괜찮지만, 약물치료를 중간에 임의 중단하는 건 괜찮지 않으므로, 차라리 지구력과 의지가 충분히 확보된 후 가 보는 것이 나을 수 있다.

**Q. ADHD 약물치료, 궁금하면서도 부작용이 두렵다.
실제로 약물을 복용하니 괜찮은가?**

괜찮을 수도 있고 괜찮지 않을 수도 있다. 신체적, 정신적 조건이 모두 다르고, 먹으면서 어떤 기대를 하느냐에 따라서도 약의 효능감이 달라지기 때문이다.

나는 ADHD 약이 내 나무늘보 전두엽에 번개를 내려주길 바랐다. 뇌를 갈아 끼우는 것만큼 혁명적인 느낌을 고대했다. 약효는 있었지만 내가 갑자기 김연아나 박지성처럼 살게 되는 것은 아니었다. 그들이 된다기보다는, 그들의 경기를 더 집중하여 볼 수 있는 사람이 되었다. 하지만 운동경기에 온전히 집중해 본 적이 평생 없었으므로, 난 만족했다.

복용 후 나른한 듯 벅차오르는 고양감이 있지만 짜릿한 종류는 아니었다. 코카인과 비슷한 구조라는 설이 있으나 합법적이면서 동시에 배덕한 환락은 없었다. 게다가 나는 마약과 비슷한 각성제가 날 구할 열쇠라는 사실에 오랫동안 자존심이 상했고, 지금도 상하고 있으며 아직도 그 점을 받아들이지 못하고 있다. 그런 약을 먹어야만 비교적 멀쩡해지는 내가 실제로 괜찮은 것인가 생각했다.

한편 콘서타를 먹으면 흥이 바싹 말라 건조해졌다. 안 먹으면 저절로 춤을 추거나 낄낄거림이 나올 정도로 신이 났다. 의사 선생님은 내가 느끼는 건조함이 바로 '차분함'이라 했지만, 내게는 여전히 이물감이 느껴지는 감각이다. 약을 먹음으로써 매일의 기분과 업무와 대인관계에서의 이득을 교환하고 있다는 생각도 든다. 그래서 약효는 개인의 일상 루틴에 따라서도 달라진다. 업무가 과중하면 약효를 많이 느끼고, 휴일엔 이게 다 무슨 소용인가 싶은 것이다.

똑같은 시간에 똑같은 약들을 먹어도 집중력 부스팅 효과는 매일 달랐다. 약은 묘수이자 악수라서 신중한 태도가 필요한 것 같다. 개인적으로 얻는 게 100이라면 잃는 것도 60쯤은 된다고 느꼈다. 망설임은 신중함이지, 절대 쓸데없는 게 아니라고 응원하고 싶다.

Q. ADHD여서 좋은 점도 있나?

이 질문은 마치…… 똥을 밟은 사람에게 향기롭냐고 묻는 것 같다. 솔직히 ADHD 자체로 좋은 건 없다고 생각한다. 그래도 살아 보니 다시 태어나고 싶을 만큼 나쁘지도 않다. 나에게 질환에서 파생된 단점이 많은 것도, 그래서 일반인에 비해 어이없는 격랑에 휘말리는 것도 사실이다. 그러나 장단점의 총합이 플러스나 마이너스로 단번에 계산되는 건 아니다. ADHD가 아니더라도, 한 사람의 삶은 0 아니면 1이라는 식의 논리로 해석될 수 없다. 어떤 인생이든 싹뚝 썰린 단면에서는 '좋다'와 '나쁘다'의 기하학적 마블링이 나타날 것이다.

ADHD의 삶은 주식시장이 돌아가는 모습처럼 매우 변동적이다. 널리 알려진 대로, ADHD의 최대 우량주는 창의력이다. 그런데 창의성만 믿고 안주하다가는 예상치 못하게 쪽박을 차게 될 수 있다. 재능은 발휘해야 빛나는 것이고, 어딘가에 막연히 존재하기만 할 때는 오히려 재앙이다. 재능을 살리기 위해 부단히 노력하고 적절히 조심해야 하는 건 ADHD나 일반인이나 똑같다.

부주의, 멍한 상태, 충동성은 페이퍼컴퍼니가 날린 부실 채권 같아도 결정적일 때 자가 구제 수단이 되었다. 나는 문제에 집중하지 않음으로써 문제의 영향력에서 벗어나는 수법을 자주 쓴다. 그렇게 살아도 의외로 별일 없다. 머릿속에 가장 안전한 방공호를 구축한 셈이니 멋진 일이라고 생각한다.

ADHD는 너무너무 정신이 없기 때문에 매 순간 새로워지지만, 그 간격을 스스로 설정할 수 없다. 흉내 내지 않아도 특이하지만 보통이고 싶을 때도 평범을 가장할 수 없어 고통받는다. ADHD는 장점이 곧 단점이 되고, 단점이 한 바퀴 돌다 보면 장점이 되어 있는 순환적 질환이라 생각한다. 그래도 모두가 다시 태어나기 위해 죽고 싶다는 세상에서 순간마다 스스로를 '새로 고침' 할 수 있다는 건 귀한 능력이 아닐까.

Q. 행복한 ADHD로 살 수 있을까?

행복에 대한 집착을 버리되, 행복해지려는 노력을 멈추지 않으면 가능한 것 같다. 행복을 정의하지 말고 행복해지려는 노력이 뭔지 정의하자는 뜻이다. 돈, 명예, 성공으로 가는 궁극의 10년 플랜보다 '내일 딱 하루만 알차게 보내기'라는 목표가 나왔다. ADHD의 장기 플랜은 대개 좌절로 돌아오고, 반복되는 실패는 행복에 큰 방해가 되기 때문이다. 자잘한 성공 경험을 여러 개 쌓고, 그 티끌이 큰 성공을 견인하도록 유도하는 게 현실적이었다.

다만 뭔가 노력할 기운도 없을 땐 자신을 너무 채찍질하지 말고 놓아두어야 한다. 비난 같은 조언, 다정한 척하는 다그침, 억지 열정 따위는 ADHD의 얼마 없는 인내를 좀먹는다. 그런 것들은 기본 문제의 탈을 쓰고 기분 문제를 만든다는 점에서 최악이다. 무기력에 대한 과집중이 곧 끝날 것임을 믿고, 유예된 행복을 잠시 기다리는 일이 필요하다.

ADHD 진단 후, 너무 충격을 받아 내게 쏟아지는 타인의 피드백을 전부 수용하려 들었다. 평판 수집가처럼 굴면서 시분초 단위로 뭔가를 개선하려 했다. 하지만 나의 큰 실수는, ADHD가 아닌 모든 인류를 정상인으로 분류했다는 것이다. 단지 ADHD가 아닐 뿐 다들 제각기 미쳐 있는 세상이다. 누가 누구에게 충고하고, 누가 누구를 구원할 수 있을까? 이럴 땐 우리의 주특기인 '잊기'와 '관심 끄기'를 사용해 안전해지자. 일단 안전해야 행복도 있으니 말이다.

3장: 병원에 가다

치료를 고민하는 이들에게

ADHD 진단은 원래도 뒤집혀 있던 내 인생을 한 번 더 뒤집어 놓았다. 당시 나는 세상에 크게 꺾인 적 없던 25세 철부지에 불과했는데, 알약 몇 개를 무기처럼 쥐고 인생관과 자존감, 자아 인식, 생활 습관 등에 수반되는 모든 변화를 그저 받아들여야 했다.

외롭게 실패했다는 인식은 치료의 시행착오로 이어졌다. 병원에 다니면서도 복용 지시를 무시해 치료 효과에 교란을 만들었다. 그때는 그런 기분이었고 스스로를 통제할 수 없었다. 당시 난장판을 쳤던 것 때문에 지금까지 손해가 막심하다.

혹시 ADHD 치료를 고민 중인 사람이 이 글을 본다면, 과거의 나 같은 실수를 꼭 피해 갔으면 좋겠다. 이 책의 3장에 실린 문답들은 당시 내게 떠올랐던 질문들과 이에 대한 현재 나의 답변이다. 과거의 나에게 들려주고 싶은 말이자, 그때의 나처럼 여러 가지 망설임을 느끼는 분들에게 감히 전하고 싶은 말이기도 하다.

Q. ADHD인 것 같은데, 정신과에 가기는 싫다면?

안 가면 된다. 왜냐하면 ADHD한테 억지로 뭔가를 시켜 봤자 좋은 결과를 보기 힘들기 때문이다. 당신의 이성은 병원에 가라고 하는데 당신의 ADHD가 발각을 거부한다면, (일단은) 존중해 주는 게 낫다. 병원에 가서 어찌어찌 검사 후 약을 탄다 해도, 본인의 납득과 노력과 지속성이 없으면 치료 효과도 미비하다.

언젠가 불편이나 호기심이 정신과에 대한 거부감을 이길 때가 올 것이다. 차라리 그럴 때 확신을 갖고 방문하는 것을 권하고 싶다. 나는 미친 듯이 코너에 몰린 상태로 병원을 찾는 바람에 치료에 수반되는 당연한 과부하들을 견디지 못하고 폭주했다. 술과 연애와 약물이 어우러진 암흑기로 귀중한 20대를 낭비했다.

전문가에게 ADHD라는 확답을 받고 그 사실을 받아들일 준비가 됐는지 깊이 생각해 보길 바란다. 예상했기에 큰 충격은 아니더라도, 새삼 혼란스럽고 후폭풍이 거세다. ADHD 진단을 받으면 삶의 모든 대안이 ADHD 식으로 변경된다. 자신의 행동 단서를 ADHD에서만 찾게 되므로 삶의 주권을 빼앗긴 듯 느껴지기도 한다.

Q. ADHD인 것 같은데, 부모님이 이해를 전혀 못 하거나 정신과 치료를 허락하지 않는다면?

본인에겐 치료 의지가 확고한데 장애물이 부모님뿐이라면 무시하고 가야 한다. 부모님은 정말 소중한 존재지만 그뿐이다. 다 책임져 줄 것 같지만 인생이 무너졌을 때 최초 책임과 최대 감당은 전부 본인의 몫이다. 나라면 자식이 정신과에 가는 걸 싫어하는 근본 이유가 무엇인지부터 알아볼 것 같다. 이유가 타당하면서 대화가 통하면 설득하고, 아니라면 즉시 포기하고 살길을 따로 찾는 게 낫다. 내 논리로 나 자신도 납득시키기 힘든 게 ADHD의 삶인데 부모님까지 완벽히 설득하자면 너무 힘들다. 부모님이 응원해 주시면 심정적으로나 금전적으로나 좋겠지만, 문제가 터진 ADHD 환자에게 최고로 급한 건 각성 조절 수단이지 부모님의 승인이 아니다. 만약 부모님이 못 가게 해서 병증이 늦게 발견되면 필연적으로 부모님을 원망하게 될 것이다. 그러기 전에 일단은 한번 가 보았으면 좋겠다.

Q. 검사 비용은 얼마인가?

2021년 5월 현재 ADHD 관련 심리검사 비용은 30~45만 원이다. 우울증을 포함한 선별검사, 뇌파검사, 스트레스-자율신경계검사 등의 비용은 15~20만 원인데, 환자의 증상과 상황에 따라 시행하는 검사의 종류가 다르기 때문에 전체 검사비에 차이가 있다. 나는 ADHD 검사, 웩슬러 지능검사, 자율신경계 검사, 우울증 검사 등을 했다.

Q. 약물치료받은 것에 만족하는가, 아니면 후회하는가?

결과적으로 만족하지만 후회할 때도 있다.

간사하지만 순기능이 돋보이는 순간에는 만족하고, 부작용 때문에 힘든 순간에는 후회한다. 나는 사람들과 조화롭게 어울리며 일하는 것에 신경을 많이 쓰기 때문에, 낮에는 약 기운에 만족하다가도 혼자 쉬는 밤에는 높아진 민감도에 조급증이 난다. 그래도 치료를 결심한 후 들인 금전적, 시간적, 정신적 비용 대비 보잘것없는 성장이나마 스스로 거두어서 기쁘다.

약을 주는 건 선생님이지만 그 선생님을 선택한 건 나다. 약효가 나를 움직이지만, 약을 먹기로 결정하는 건 매 순간 나의 판단이다. 약물치료에는 옳은 선택이 반복되고 있다는 안정감이 있어서 긍정적으로 판단한다.

Q. 병원 진료, 어떻게 이루어지는가?

일반 병원과 비슷한 것 같다. 문 열고 들어가서 접수하고 기다리면 이름을 부른다. 진료실에 들어가 선생님과 인사하고, 2주간 어떻게 지냈는지 묻는 말에 대답한다.

"회사가 너무 바빠졌고, 어, 또……. 하여튼 바빠요."

"회사 일은 왜 바빠진 건가요? 일이 많아졌나요?"

"아, 갑자기 누가 그만두셔서 당분간 그 일을 제가……."

선생님은 내가 일을 잘하고 있는지, 잠은 잘 자는지, 술은 절제하는지, 뭔가 충동적인 사고를 치지 않았는지 등등을 자유롭게 물어본다. 그리고 엄청 정석적이라 도무지 귀에 붙지 않는 잔소리들을 하신다.

"우리 몸엔 리듬이 중요해요. 리듬을 깨뜨리지 마세요. 규칙적으로 먹고 자고 적절한 운동으로 신체의 활력을……."

그러면 나는 토하는 까치처럼 고개를 주억거리면서 약간의 반성, 약속, 하여튼 알아들었음을 피력한다. 경과에 따라 약 조절이 이루어지고, 처방이 끝나면 수납 후 귀가한다.

Q. 진료에 어려움이나 단점은 없는가?

왜 없겠는가? 이건 돈도 많이 들고 귀찮다. 나의 경우 격주 토요일마다 병원에 가는데 매번 토요일 오전을 비우는 게 얼마나 성가신지 모른다. 예전에 무작정 발길을 끊었다가 혼쭐난 적이 있어 지금은 잘 가지만, 싫은 일인 건 여전하다. 게다가 ADHD에는 완치라는 게 없어서 치료에 기약이 없다는 생각이 들기도 한다. 할 수 있는 것은 꾸준히 치료를 받는 일뿐이다.

ADHD 약물치료, 효과와 부작용

나는 2016년 4월부터 지금까지 ADHD 약물치료를 받아 왔다. 처방받은 약물은 콘서타와 스트라테라였다. 두 가지를 따로 먹을 때도 있고, 함께 복용할 때도 있었다. 치료 초반에는 우울증 약이나 신경안정제를 같이 먹기도 했다. 현재는 콘서타 72밀리그램을 아침, 점심에 나눠 복용 중이다. 콘서타는 중추신경 자극제 약물이고 스트라테라는 비자극제 약물이다. 이 약들은 ADHD 환자의 뇌 기능을 수시간에서 24시간까지 향상시키는 역할을 한다.

Q. ADHD 약, 어떻게 처방받나?

ADHD가 아니면 ADHD 약을 지을 수 없다. 병원에서 전문의에게 확진을 받은 후 가능하다. ADHD 약은 각성제이자 향정신성의약품이고, 오남용 사례가 많다 보니 처방이 엄격한 편이다. 우리 병원의 경우 제조도 약국을 거치지 않고 병원 내에서 직접 해 준다. 한 번에 장기간 처방하지도 않는다. 나도 2주 단위로 신경정신과를 방문해 경과를 보고하고 재처방을 받는다.

Q. ADHD 약값은?

다른 약 없이 콘서타와 위장약만 먹는 지금은 한 달에 9만 원 선이다. 예전에 항우울제, 신경안정제를 함께 처방받을 땐 12만 원에서 16만 원 정도였다. 2016년 9월 이후 성인 ADHD에도 건강보험이 적용되어 가격이 많이 낮아졌다. 그래도 절대 저렴하지 않다. 또 약값이나 처방전 비용은 개인 보험 여부와 병원 정책에 따라 다르다.

Q. ADHD 약, 효과가 있나?

결론적으로 나에겐 있었다. 하지만 없는 사람도 꽤 많다고 한다. 유효 용량도 사람마다 달라서, 적게 먹는다고 효과가 작고 많이 먹는다고 효과가 큰 것도 아니다. 나 역시 저용량으로 시작해 고용량까지 왔지만 용량에 비례해 효과가 커지는 건 절대 아니었다.

오히려 우울증이나 불안장애 등 수반되는 질병에 영향을 많이 받았다. 우울감이 심할 땐 ADHD 약도 거의 효과가 없었다. 매일 술을 마실 때는 특히 효과를 느끼지 못했다. 최상의 효과를 내려면 의사 선생님이 말하는 복약 지시를 지켜야 한다.

Q. 어떤 효과가 있나?

갑자기 슈퍼 천재가 되는 효과는 절대 아니다. 나를 완전히 다른 사람으로 만들어 주지도 않았다. 다만 내게 절실한 종류의 도움을 주는 약이라고 생각한다. 약물 치료의 대표적인 효과로는 문제해결능력, 주의집중능력의 향상과 과잉행동, 충동성 감소 등이 있는데, 이 효과들은 나에게 구체적으로 이렇게 나타났다.

1 시간관념 생성

내 경우 가장 큰 차이는 시간관념이 생긴다는 거였다. 나는 원래 시계를 잘 보지 않고, 시간관념이 거의 없다시피 한 사람이었다. 약을 먹기 전에는 세 시간이 30분처럼 가거나 30분이 다섯 시간처럼 가는 식으로 하루가 온통 뒤죽박죽이었다. 그것들은 사소하고도 중요한 일상의 과제들을 전부 놓치는 결과로 이어졌다. 약을 먹으면 '이제 30분 정도 흘렀겠구나', '지금은 밤이구나' 하는 감각이 명징해진다.

2 의욕 고취

뭔가를 할 마음이 생긴다. 할까 말까 고민하며 침대 속에서 헤매는 시간이 줄어든다. 특히 하기 싫은 일에 대한 실행력이 커진다. 귀찮음, 책임감, 의무감에 대한 불쾌 역치가 낮아져 주어진 과업을 할 수 있게 된다. '이걸 꼭 해야 하나'

와 '그냥 해 버리자' 사이의 구불구불한 미로가 직선 고속도로로 정비되는 느낌이다.

3 비현실감 제거

항상 머릿속에 안개가 껴서 불투명한 느낌이었는데 약 복용 후 그런 혼란이 옅어졌다. 대신 현실감과 활기가 생긴다. 특히 내가 두 명인 듯한 느낌, 그래서 한 명은 공상 속에 살고 한 명은 현실 속에 사는 듯한 이물감이 많이 줄었다.

4 꼼꼼함

조금 덜 다치고 물건을 (비교적) 잘 챙기게 된다. 중요한 일을 기록하고자 하는 마음이 생긴다. 일단 쓰고 나면 그걸 어디 써 놨는지도 한 번에 떠오른다. 세심하지 못한 부분들이 메모나 일정 관리 애플들로 보정된다.

5 효율적 우선순위 정비

'하고 싶은 것(욕구)'과 '해야 하는 일(의무)'이 있을 때, 의무적인 작업을 우선시할 수 있다. 원래는 나 자신과 타협이 불가능했다. 싫은 일들에서 도망만 쳤는데 약을 먹으면 '하기 싫어 미치는 자기 자신'에 대한 통제력이 생긴다.

6 감정 조절

사람들이 내게 "별것도 아닌 일로 화를 낸다."라고 말하는 일이 줄어들었다. 확 타오른 감정을 내뱉기 전 생각할 여유가 생겼기 때문이다. 어떤 일의 인과나 이면을 볼 수 있게 되고, 반응 면에서도 한결 침착해지고 진지해진다.

7 언어 조절

한마디로, 말하기 전에 생각하는 게 가능해진다. 따라서 사람들이 내 말을 듣고 경악하거나 "생각하고 말하는 거야?"라고 질문하는 일도 줄어든다. 헛소리의 비중이 줄고 남들과 긴 대화를 하거나 업무 관련 지시를 받기가 수월해진다.

Q. 부작용은 없나?

아주 많다. 아래 기술한 경험은 ADHD 약물의 흔한 부작용이다.

1 수면장애

잠이 안 온다. 또는 양질의 잠을 잘 수 없다. 약효가 지속되는 동안은 뇌가 계속 각성 상태이기 때문이다. 피곤하거나 활동량이 많아서 일찍 자야 하는 날에도, 다음 날 아침부터 스케줄이 있어 빨리 자야 하는 날에도 잠이 안 온다.

나의 평균 취침 시간은 오전 3시에서 4시 정도인데 아침마다 너무 피곤해서 그야말로 죽을 것 같다. 여기서 더 피곤해지면, 피곤해서 죽고 싶다는 생각까지 든다.

가끔 여행, 캠핑, 워크샵 등등으로 다른 사람들과 자는 날이 있다. 그럴 때도 자기로 합의된 시간에 잠드는 게 안 된다. 피로는 당연히 다음 날 일정에 영향을 준다.

2 우울함, 가라앉은 기분

약을 먹지 않은 나는 무척 하이 텐션이다. 항상 기분이 좋고 장난기와 농담이 마구 샘솟는다. 하지만 약을 먹으면 축 처진다. 원래라면 신나 죽을 일에도 딱히 흥이 나지 않는다. 이건 효과 6번과도 이어지는 내용인데, 딴생각들이 차단되니 공상에서 오던 즐거움과 재미도 함께 사라지는 것 같다.

아니면 원래도 이만큼은 우울했지만 워낙 산만해서 모르고 산 것일 수도 있다. 그러다 약효로 집중력이 올라가 비로소 우울감의 깊이를 정확히 인지하게 된 것이 아닐까 추측한다. 원래 내 생각은 초 단위로 주제를 바꾸며 산발적으로 흩어지는데, 약을 먹으면 한 가지 주제에만 '파고드는' 게 가능해진다. 뭐든 한 가지만 생각하다 보면 우울한 방향으로 흐르기 마련이므로, 생각의 정렬 때문에 기분이 별로일 수 있다.

3 식욕부진과 폭발

보통 ADHD 도서에서는 식욕부진까지만 설명하던데, 내가 생각하기엔 그 후에 오는 식욕 폭발이 더 심각한 것 같다. 콘서타나 스트라테라를 먹으면 갑자기 음식이 지우개 더미처럼 느껴진다. 식사를 해야 한다는 의지조차 생기지 않는다. 4년 이상 약을 먹으니 그런 부작용이 많이 줄긴 했지만, 절대로 없어지진 않는다. 무서운 건 약효가 사라지는 순간 허기와 식욕이 바로 휘몰아쳐 엄청난 폭식을 한다는 것이다. 개인적으로 약이 고용량일수록 식욕의 편차도 심해지는 걸 느꼈다. 절식의 시간도 폭식의 시간도 괴롭지만 그게 반복되는 건 정말 최악이다.

4 입 마름과 빈맥

말 그대로 입이 마르고 심장이 빨리 뛴다. 그래서 나는 지금도 하루 종일 텀블러에 집착한다. 물이나 커피 없이 회의에 들어가면 무척 불안하고 찝찝하다. 심장이 빠르게 뛰는 것은 개인적으로 불편하지 않다. 심장이 그러고 있다는 걸 잘 못 느끼겠고, 원래 약간 서맥이었던 것 같다.

5 불안

애매하다. 나는 ADHD 말고도 항우울제와 신경안정제를 처방받았었는데, 복용하며 느낀 불안감이 ADHD 약의 부작용인지 기타 약물의 부작용인지 정확히 구분되지 않는다. 심지어 약의 영향 없이 ADHD 진단에 대한 충격만으로 불안했던 것일 수도 있다. 하지만 치료 초반 정말 몹시 불안했고, 지금도 아주 가끔 통제할 수 없는 불안감에 빠질 때가 있으니 일단 적어 둔다.

불안은 인간이라면 누구나 가지는 것이니 정확히 있다, 없다로 판단할 순 없다. 그런데 내가 갑자기 비약이 이토록 심한 인간이 된 게 불안 때문이라면, 이건 다른 모든 걸 합친 것보다 최악인 부작용이다.

6 경미하거나 심한 신경증

ADHD 치료 전 나는 둔하다는 말을 많이 듣는 사람이었다. 주변 인지능력이 떨어져 변화 자체를 알아채지 못했기 때문이다. 예민하다는 말보다는 성격이 이상하다, 종잡을 수 없다, 특이하다, 고집이 세다라는 의견이 많았다. 그런데 약을 먹고 나서는 신경쇠약 비슷한 신경과민이 생겨 버렸다. 특히 소음을 절대 참지 못하게 되었다. 싫어하는 소리가 들리면 바로 거슬리고, 지속 시간이 길면 돌아 버릴 것 같다. 내게 스트레스를 왕창 주는 소리들은 클랙슨, 오토바이 소리, 시계 초침 소리, 왁자지껄한 대화 소리, 기계 모터 소리, 너무 큰 음악, 라디오 소리, 휴대폰 진동, 키보드 치는 소리, 아기 울음소리 등이다. 스스로 만들지 않은 모든 소음에 스트레스를 받는다는 뜻이다. 이제 지인들은 내가 엄청 예민하다고 말한다.

ADHD와 우울증에 대하여

내가 ADHD라는 사실을 털어놓으면 사람들은 대부분 자기도 실은 '그것' 같다는 불안을 토로했다. 자꾸 깜빡깜빡하고 무기력하고, 업무(학습) 능력이 떨어지며 집중이 안 되어 미치겠다는 것이다. 사람들은 아주 쉬운 일도 해내지 못하는 자신에게 공포를 느꼈다. 무가치하다는 느낌, 쓸모없다는 느낌, 존재만으로 남에게 민폐라는 느낌은 나도 잘 안다. 그 순간이 지속되면 어떤 동기부여로도 잠재력을 끌어올리지 못하고 스스로의 기분을 책임질 수 없는 지점에 도착하고 만다. 하지만 의아하기도 했다. ADHD는 비교적 흔한 정신과 질환이지만 내 모든 지인을 포함할 정도는 아니었다. 주변에 그렇게까지 ADHD가 많다면 나는 정신과 의사이거나 ADHD 수집가일 것이었다.

하지만 나는 둘 다 아니다. 그리고 주위 사람 누구든 부디 ADHD가 아니길 바라는 마음으로 설명을 조금 덧붙여 보자면, ADHD는 스펙트럼 질환이다. 누구나 그러한 기질이 있지만 그것이 일상생활에 현저히 영향을 줄 때만 ADHD 진단이 내려진다는 뜻이다. 생각해 보면 당연한 말이다. 누구나 해야 할 일보다는 하고 싶은 일에 끌릴 것이고, 바쁘면 정신없을 것이고, 때로는 어처구니없는 실수를 할 테니 말이다.

모두가 일시적으로 관련된 증상을 보일 수 있기 때문에 ADHD 진단 기준은 생각보다 엄격하다. 과잉행동, 주의력 결핍 증상들이 최소 6개월 이상 지속되고, 12세 이전에 나타나며, 적어도 두 군데 이상의 장소에서 사회활동과 학업, 직업 활동에 방해를 야기할 때 ADHD 진단이 내려진다. 게다가 성인의 경우 과잉행동 증상은 잘 발견되지 않고 주의력 결핍과 충동성도 아동·청소년기와 다른 행동으로 나타나는 경우가 많아서 더욱 세심한 관찰이 필요하다. 결국 정확한 진단을 위해서는 전문검사가 선행되어야만 한다.

친구들이 ADHD인지 아닌지, 혹은 우울증인지 아닌지 내가 결론을 내려 줄 수 없기 때문에, 나는 ADHD가 아닌지를 의심하는 친구들에게 우울과 무기력 극복을 위한 정신과 방문을 권하기 시작했다.

사실 ADHD에는 우울증과 비슷한 면이 있고, ADHD라면 아무래도 우울할 일이 많아진다. 둘은 서로를 포함하거나 동반하는 식으로 잘 어울려서 안 그래도 아픈 사람들을 더욱 헷갈리게 만든다. 특히 일상생활 속에서 망연자실할 정도로 뭐가 안 되는, 완전히 불가능한 느낌이 그렇다. 그런데 슬픔의 인과관계가 좀 다르다. ADHD는 아무것도 안 되는 현실에 슬픈 거고, 우울증은 슬퍼서 아무것도 못하겠다는 심정이다.

사실 ADHD로 살면서 우울하지 않기도 힘들다. 매번 바보 취급받고, 잠도 잘 못 자고, 작은 소리에 예민하고, 돈도 잘 못 모으고 길 가다 넘어지고 물건 잃어버리고, 굶다가 폭식하고. 의식주가 잘 안 되기 때문에 나열하다 보면 끝이 없다. 누군가가 ADHD라는 건 그가 매 순간 행복을 시험받는다는 소리다. 힘이 안 들어가는 머리에 억지로 힘을 줘야 한다는 뜻이기도 하다. 반면 우울증은 행복이 이미 그 사람을 떠난 느낌이다. 행복은 진작 죽어서 그 사람 주변에서 초라한 장례식을 열고 있다.

ADHD는 가끔 굉장히 행복해 보인다. 별생각 없이 편하게 사는 것 같아 보이기도 한다. 나는 우울증에 시달릴 때도 조증 같단 평가를 많이 들었다. 사는 게 요란하니까 대충 신나는 느낌인 걸까? 한창 우울할 땐 침대에 누워 울기만 했고 ADHD뿐일 때는 침대에 누워서 놀기만 했다. ADHD이면서 우울증이었을 땐 침대에서 술을 마시면서 울었던 것 같다. 뭐가 더 구린지는 잘 모르겠다.

ADHD와 우울증 모두 뇌 기능에 관여하기 때문에 인지나 기억력 문제에서 비슷한 저하를 보이고, 이 지점에서 특히 우울증인지 ADHD인지 헷갈리는 것 같다. 그러나 긍정적인 공통점도 있다. ADHD나 우울증이나 약으로 가시적인 호전을 보이는 병이라는 것이다. 그것이 내가 친구들에게 정신병원 방문을 권하는 이유다.

"솔직히 병원 가 보기 전까진 아무도 몰라. 인터넷에 퍼진 간이 테스트 결과로도 절대 몰라. 병원에 갔을 때 우리 선생님은 나한테 씩씩하고 똑똑하다고 했어. 정신과에 자기 발로 오는 사람은 많지 않거든. 네가 ADHD일 수도 있고, ADHD로 보일 만큼 우울한 걸 수도 있지만 일단 한번 가 봤으면 좋겠어."

사실 선생님은 나에게 '똑똑하다'라고만 했지만 임의로 '씩씩'을 추가했다. 나는 늘 PPL 계약이라도 맺은 사람처럼 정신과를 권했는데, "알았어 가 볼게."라고 답한 모두가 실제로 예약을 잡은 건 아니다. 생각보다 많은 사람들이 아직도 정신과를 꺼리며 겁내는 탓이다. 자신의 본질을 궁금해하면서도 절대로 병원만은 가지 않는 사람들이 내 주변에도 많았다.

의외인 것은 그 현상 이면에 부모님들의 단호한 개입이 있다는 거였다. 가지각색의 부모님들이 가지각색의 이유로 자녀의 정신과 방문을 차단했다.

"네가 뭐가 모자라서 그런 델 다니니?"

"배가 불러서 그래. 고생을 덜 해 봐서 그렇다."

"약팔이들 상술이다. 괜히 밖에 소문나면 망신만 뻗치고……"

"내 친구 아들 ○○ 알지? 걔도 정신과 다닌다더라. 그래, 마음이 아프면 가는 거지. 하지만 너는 아니야. 너는 행복하잖니."

세뇌에 가까운 인식은 자녀가 20대 중반을 훌쩍 넘어가도 절대적이다. 금전적으로 독립을 이룬 사람들도 정신과를 선택하는 문제에서만큼은 가족의 시선에서 자유롭지 못하다. 하지만 행복을 위해서는 모두 함께 생각을 바꿀 필요가 있다. 평생 멀쩡하기를 강요받은 사람은 자기가 아는 '멀쩡함'에서 벗어나는 순간 극도의 불안감을 느낀다. 아이러니하게도 정상이려는 맹목이 당사자를 비정상의 영역으로 밀어내는 것이다. 정신과를 부정하는 일이 나중에 더 심하게 정신과를 필요로하는 이유가 되기도 한다.

내 지인 중 한 명도 자신이 우울할 수 있다는 걸 꿈에도 몰라서 더 우울해져 갔다. 누군가는 자기가 부주의하다는 걸 의아하게 여기며 계속 부주의해졌다. 오래오래 꾹꾹 참다 비상사태가 발생한 사람이 경도인 경우는 거의 없었다. 지금 내 치료 과정의 유일한 후회도 '내가 너무 늦었다'라는 사실이다. 내게도 심하게 병리적인 사람만 정신과에 가야 한다는 오해가 무심결에 깊게 자리하고 있었다. 하지만 역시 병원이란, 환자가 되기 위해서가 아니라 환자가 아니기 위해 다니는 곳이다. 언젠가 괜찮아질 미래를 위해 지금은 환자임을 받아들이려고 다니는 곳이다.

처음 병원을 찾는 일은 분명 쉽지 않다. 하지만 늦게 병원을 찾은 것을 후회하는 사람으로서, 고민하는 이들이 하루빨리 자신의 감정에 귀 기울이고 용기를 내기 바란다.

정신과 속 작은 에피소드들

정신과는 생각보다 평범한 곳이다. 다양한 연령대의 사람들이 많이 방문하는, 한마디로 동네 내과와 별다를 게 없는 곳이란 뜻이다. 의료진은 바쁘고 환자들은 지루해 보인다. 다들 스마트폰만 보니 관찰당한다는 느낌도 들지 않는다. 나 역시 대기 인원수를 헤아릴 때 빼고는 사람들을 보지 않는다. 그래도 5년이나 다니다 보니 몇 가지 감상이나 기억에 남는 일이 있긴 하다.

1

가장 불쾌했던 경험은 담당 원장님 말고 다른 원장님께 진료를 받던 날에 있었다. 우리는 초면이었고, 담당 원장님이 휴가를 가지 않았다면 만나지도 않을 사이였다. 그런데 그분이 나를 '알고' 있었다. 앞서 무슨 얘기를 나눴는지는 생각나지 않지만 이 한마디는 또렷이 기억난다.

"예민하다고 병원에 소문났어요."

나는 실제로 따귀 맞은 느낌을 받았다. 입 밖으론 내지 못했지만 별별 생각이 다 들었다.

그럼 제가 허허실실 둔감하면 여기 있겠습니까? 그리고 이왕이면 '섬세하다'나 '민감하다'라고 표현해 주시겠어요? 선생님의 무신경함이 제 예민에 초월적 증폭을 가져다주는데 이게 의학적 지식인의 최선인가요?

속으로만 구시렁대는 내가 찌질해서 반대쪽 따귀까지 얻어터진 기분이었다. 아직도 누가 나의 예민함을 밀고했는지는 모른다. 범인은 아마 사실밖에 모르는 바보일 것이다. 휴가에서 돌아온 담당 원장님께 이를까도 생각했지만 말하는 걸 까먹었다. 이렇게 무디기도 한 내게 예민하다 말하다니 정말 나빴다.

2

5년 전 처음 뵌 담당 원장님은 목발을 쓰며 다리를 절었다. ADHD 진단 후폭풍에 세상이 무너진 상태였고, 내가 아프다는 소리에 과몰입해 남들의 아픈 점만 보이던 시기였다. 힘겹게 대기실과 진료실을 오가는 원장님을 보며 나는 엄청 아련한 생각을 했다.

'역시 누구나 자기만의 슬픔이 있다. 선생님에게는 다리가 나의 전두엽 같은 거겠지. 힘차게 목발질을 하는 선생님을 본받아 나도 힘내자.'

하지만, 그는 잠깐 다친 거였다. 어느 순간 목발은 사라졌고 원장님은 누구보다 균형 있게 잘 걸어 다녔다. 나는 아련했던 만큼 민망해져 그날의 교훈을 수정했다.

다른 사람에 대해 속단하지 말자. 특히 아픔에 대해서는.

3

언젠가는 4인 가족이 함께 대기하는 것을 보았다. 부부와 어린이 두 명이었다. 둘 다 잠시도 가만있지 못하길래 애들 쪽이 ADHD인가 했다. 하지만 환자는 엄마였다. 동생이 마구 발을 구르며 물었다.

"엄마, 이거 언제 끝나?"

"좀 더 있어야 끝나."

"엄마는 어디가 아파?"

"엄마는 마음이 아파."

"왜?"

"응 엄마는 매일매일 집에서 혼자 너희들 보느라 아파."

그 순간 내 마음에도 통증이 왔다. 종잇장처럼 마른 여자가 폭발하는 형제의 활동량을 감당하는 모습이 눈앞에 그려지는 듯했다. 견디지 못하는 힘듦이 바로 아픔이구나 생각하고 그분이 행복해지기를 빌었다. 아마도 우울증이었을 그분이 이제는 병원에 올 일 없기를, 지금도 가끔씩 빈다.

4

담당 원장님께서는 종종 내가 너무 피곤해한다고 오해한다. 평소에는 "아니에요, 안 피곤해요."라고 하는데 매번 걱정하길래 진실을 말했다.

"사실 저는 피곤한 게 아니고 피곤하게 생긴 거예요."

"그런…… 가요……?"

"넵넵. 다크서클이 짙거든요."

우리는 어색하게 웃었다. 나는 원장님과 친하지 않지만 그를 좋아해서 기회가 될 때마다 웃을 일을 만들려고 한다. 이런 시도는 별 효과가 없는데, 나의 사건들이 늘 미소보다 심각한 국면을 초래하기 때문이다. 나는 원장님께 직업적 성취감을 주는 환자가 아닌 것 같다. 정말 죄송한데 정말 어쩔 수 없다. 어떤 일은 어쩔 수 없다는 말만이 최선인 듯하다.

5

한번은 대기실에서 내 시선을 완전히 사로잡은 여자가 있었다. 앉아 있는 내 앞으로 그 여자가 휙 지나가는데 가방이 너무 예쁜 것이었다! 그 후 대기 시간을 전부 검색에 할애해 모델명을 알아내고 보니 가격이 무려 380만 원이었다. 나는 가방을 원하던 마음과 가방에 대한 심미적 감상을 전부 철회했다. 어차피 내 부주의로 넝마가 될 가방을 380만 원이나 주고 살 수는 없었다. 그로부터 2년이 지난 지금도 가방에 쓸 380만 원이 없어 슬프다. 언젠가는 이 정신과에서 제일 예쁜 가방을 드는 사람이 되고 싶다.

6

내가 치료에 최고로 비협조적이고 무책임하던 시절, 담당 원장님도 참다 참다 폭발한 적이 있다. 이렇게 멋대로 살거면 치료를 왜 받는지 모르겠다고, 진료비도 비싼데 그 돈이 아깝다는 것이었다. 그렇게 실컷 혼쭐이 난 뒤로 나는 정신을 바짝 차렸다. 돌이켜보면 진짜 폭발했다기보다는, 모든 회유와 권유가 실패한 뒤에 남은 냉정한 처방이었던 것 같다.

꿈도 희망도 성실함도 없던 내게 원장님의 인간적 면모는 특이한 자극이 되었다. 그와 나의 관계도 전면 재설정되었다. 그 전에는 원장님이 너무 옳은 말만 해서 에이아이 같았는데, 우리가 같은 인류구나 하고 새삼 깨닫게 된 것이다. 이것이 라포일까……?

7

정신과에 가면 『죽고 싶지만 떡볶이는 먹고 싶어』 같은 대화가 펼쳐질 것 같지만, 내 경우에는 전혀 아니다. 나는 진료실처럼 지루한 공간에서 심오한 대화를 할 생각과 능력이 전혀 없다. 진료실에서의 나는 늘 다급하게 얼어붙어 있다.

실제보다 심한 ADHD 같아 보일 걸 알면서도 원장님의 말이 다 끝나기 전에 "네네, 네네네네." 한다. 병원은 싫지 않고 익숙한데, 들어가기만 하면 뛰쳐나오고 싶으니 웃긴 일이다.

그 이유로는 두 가지를 의심한다.

(1) 나는 정신과를 좋게 생각하려 애쓸 뿐 전혀 좋아하지 않기 때문이다.

(2) 갈 때마다 너무 배고픈 상태이기 때문이다.

아마도 (1)번이 많이 섞인 (2)번 같다.

8

'정신과 의사는 내 편인가?' 하고 생각해 본 적이 있다. 그러자 '그가 왜 내 편이어야 하는가?' 라는 새로운 의문이 들었다. 물어본 적은 없지만, 원장 선생님은 아마도 자기편 아닐까? 서로 지독히 자기편이라는 게 우리의 유일한 공통점 아닐까? 나는 원장님이 철저히 비즈니스맨이길 바란다. 그래야 진료실을 벗어난 후엔 나에 대한 가치 판단을 멈출 테고, 내 비밀은 그의 관심을 끌지 못해서라도 지켜질 테니까. 정신과에서는 아무래도 몰개성한 쪽이 마음 편하기 때문이다.

9

정신과 데스크 선생님들은 우리 엄마 아빠보다 내 남자

친구들을 많이 보았다. 아마 기억도 안 할 테지만 혼자 민망할 때가 있다. 특히 그 애들이 바뀌는 시점에 나는 코를 긁적이게 된다.

치료 초반, "남자 친구 생겼어요."와 "헤어졌어요."가 너무 반복되자 원장님은 이렇게 말했다.

"앞으로는 6개월 이상 사귄 사람만 남자 친구로 칩시다."

그래서 원장님께 소개된 남자 친구는 별로 없다.

10

때론 불쾌하고 매번 귀찮음에도 정신과에 가는 이유는, 나의 돌팔이 짓을 막기 위해서다. 주치의가 없으면 나는 정신의학 서적으로 불안을 채우게 된다. 그 지루한 책들을 통독할 수 없으니 나와 비슷한 사례만 추려 읽는다. 정신의학 서적을 너무 가까이하면 스스로가 온갖 정신병을 가진 사람처럼 느껴진다. 누구나 어느 정도는 특징적인데, 정신의학 서적은 그 점을 모두 질환으로 정의하기 때문이다. '나만의 정리 규칙이 뚜렷한 것'이 '강박증'으로 인식되는 이치다. 책속 내 모습에 공감하며 위안을 찾을 수도 있지만, 나는 위안에서 끝내지 못하고 위급해지므로 차라리 진짜 의료진을 만나러 다닌다.

11

내가 다니는 병원에서 이사 후 확장·이전 기념 굿즈를 나눠 주었다. 요령껏 접으면 손바닥만 해지는 장바구니였다. 검은색이라 활용도가 높아 보였는데 펴보니 'OO 정신과'라는 상호명이 인쇄되어 있었다. 나는 정신과에 단골로 드나들면서 우호적인 사람이지만, 그걸 들고 장 보는 건 뭔가 다른 차원의 자기주장 같았다. '마트에서 누가 날 보겠냐? 내가 유통기한도 아니고.' '그래도 누가 보는 순간 위축되지 않을까? 유통기한 지난 우유처럼…….' 두 가지 경우의 수가 마음속에서 반목했다. 결국 장바구니를 쓴 적은 없다. 첫째로는 손재주가 없어 펴진 장바구니를 다시 접을 요령이 없어서고, 둘째는 마트에 가면서 장바구니를 챙길 생각을 못 해서다.

4장: 내가 만난 세계

네가 부잣집 아이라면 좋았을 텐데

"네가 부잣집에 태어났으면 좋았을 텐데."

이런 말을 들을 때면 내가 가난하다는 사실을 한껏 실감하게 된다. 내게 이런 말을 하는 사람은 엄마다. 엄마란 참 신기한 존재다. 다른 사람이 하면 미쳤나 싶을 말들도 엄마 입을 거치면 애틋해진다.

"나는 지금 좋은데."

"부자 엄마 만났으면 너 하고 싶은 거 다 하고, 네가 잘하는 거 다 하고……."

엄마는 내가 재주 많은 아이인데 돈이 없어서 앞길이 막혔다고 생각한다. 내 생각은 다르다. 나는 재주는 많지만 그게 드러나는 아이는 아니었다. 재주꾼이란 부채처럼 한껏 접혀 있다가도 결정적인 순간에는 자신을 펼칠 수 있어야 한다. 하지만 나는 내게로만 파고들다 나를 견딘 어른이 되었다. 그것만으로 충분히 치열하고 버거워서 재주 발굴은 뒷전이었다. 이 사태에 누구 탓과 누구 덕이 있는지는 모르겠다. 나의 성년엔 어쩐지 공치사랄 게 없었다.

재주 많은 아이가 ADHD라는 건 모든 재능에 0.1을 곱해야 한다는 말과 같았다. 돈과는 상관없는 불편과 불구 어디쯤 내가 있었다. 누군가 나를 불편한 사람으로 본다면 그것은 옳고, 뇌과학적 불구로 본대도 그 또한 옳았다.

그러므로 내 생애 최고의 악재는 가난이 아니었다. 내가 나라는 것, 그 어떤 의술이나 마술로도 나 아닌 존재가 될 수 없다는 것이었다. 엄마 아빠가 너무 사랑하는 나를, 나 자신은 정작 사랑할 수 없다는 것이 나를 절망케 했다. 나는 늘 성질을 부리거나 예민하게 굴었는데, 결핍을 티 냈던 것인지 자기애에 미친 듯 보이고 싶었던 것인지 모르겠다. 만약 후자라면, 엉망일지언정 그건 효도였다. 어쨌든 부모님은 사랑하는 딸자식이 실은 저 자신을 가장 혐오하고 있음을 모를 거였다. 부모님은 때로 누가 날 이유 없이 싫어할 수도 있다는 사실을 믿지 않았다. 나를 좋게만 좁게 보는 방식으로 사랑해 주었다.

나 역시 내가 너무 좋은 반면 너무 싫기도 했다. 죽이고 싶다가도 매일매일 살려 주고 싶었다. 누구도, 부모님도 그 어떤 위안도 심지어 가난도 나와 나 사이에 끼어들 순 없었다. 가난이란 인식되는 것이 아니라 스며드는 거라던데. 어린 날이 많이 궁핍했나 되새겨 보면, 궁핍이 아니라 궁지에 몰렸던 것이라 정정하게 된다. 늘 멍하고 사건에 휘말리고,

바로잡으려다 더 크게 실수하느라 하루를 다 쓰는 나에겐 돈보다 뇌세포가 절실했다. 부자라는 건 적은 시간을 돈으로 치환하는 데 익숙한 종족인 듯했다. 내겐 매일 잔돈 같은 여유조차 남지 않았다. 돈으로 바꿔 낼 만큼 시간을 신묘하게 사용할 수 있는 재주가 결국 내겐 없었다.

어쩌면 나는 가난을 이용한 것인지도 모르겠다. 무능한 사람은 쉽게 간교해지니까, 내가 가난에 무능을 의탁했을 수도 있다고 생각한다. 꿈꾸고 실행해야 할 시간에 침대에 파묻혀 있었던 것, 사람과 사랑에 대해 갖게 된 편견을 의심하지 않은 것, 궁금한 분야를 전혀 공부하지 않은 것…… 등등에 대해 가난은 좋은 핑계였다. 돈이 없어서 곤란하기도 했지만, 곤란한 일들의 범인으로 돈을 모함한 적이 훨씬 많았다. 그렇다면 내 인생의 범인은 다시 나였다.

피하고 싶은 모든 상황에서 "돈 없어."라는 말은 필요 이상으로 강력하다. 그러나 세상에는 나보다 가난하게 출발해서 나에 비할 수 없이 많은 것들을 쟁취한 사람들의 일화가 더 많았다.

한때는 마인드조차 일종의 재화이고, 내 몫으론 그런 게 하나도 주어지지 않았다며 원망하기도 했다. 하지만 원망이란 내게 있는 보잘것없는 재주들까지 깡그리 소멸시키겠단 다짐이어서, 원망만 하다 정말 가난한 인간이 될까 봐 그만두었다. 돈도 부동산도 없는 나이기에 오히려 지킬 게 확실했다.

나는 이제 부모님께 지겹게 들어온 말을 돌려주고 싶다.

"딸내미가 부자였으면 좋았을 텐데."

"엄마는 지금도 행복해."

"부자 딸 덕 봤으면 지금 일도 안 하고, 넓은 집에서 좋은 차 굴리고⋯⋯."

어차피 내 유년 시절은 지나갔다. 가난이 무슨 색인지는 몰라도 어린 날의 그 색깔은 아닐 거다. 내 어린 날의 색채는 엄마가 기억하는 것보다 다채로웠다. 더 나중에 돌아보면 그제야 가난이 찍고 간 방점들이 보일지 모르겠다. 그래도 부모님의 노년은 아직이니까 과거보다는 미래에 사로잡히려 한다. 가난이나 가난한 부모님이 창피했던 적은 없지만, 난 이제 자연스럽게 많은 돈을 원하게 되었다. 돈이 내 인생을 펴 주길 바랐던 엄마의 마음처럼 나도 돈으로 부모님의 주름을 펴 드리고 싶다. 엄마의 소원을 반대로 생각하는데 왜 또다시 가난이 사무치는지 모르겠다. 그래도 내 입안에서 굴리는 '가난'은 엄마 음성으로 듣는 '가난'보다 슬프지 않아서, 심심한 금요일 저녁에 계피 사탕처럼 음미할 만하다.

세 자매 중 둘째여서 난 좋아

생일 주간이 되면 언니에게 떼를 쓰고 싶은 기분이 든다. 성미 급한 언니가 나와 똑같은 날 태어났기 때문이다. 실은 언니의 출생 딱 4년 후 내가 나온 거지만 내 입장은 그랬다. 생애 첫 업적이 영원한 둘째에 머무는 일이라니. 왜 좀 더 서두르거나 느긋하지 못했을까……? 어쨌든 나는 5월 28일 하루, 가족 중 제일 우선될 권리를 박탈당한 것이다. 30년을 애써 봐도 이 결과에 놀라운 반전을 만들 수 없었다.

"언니! 전부 망했으니까 네가 빨리 책임져."

"네가 내 생일 망친 거거든? 엄마가 널 낳으러 가는 바람에, 난 네 살 생일 미역국을 혼자 먹어야 했다고. 그 후로는 독상을 받아 본 적이 없어, 너 때문에!"

똑같은 날 태어나서 입장도 똑같은 것인지, 우리는 최근까지도 누가 더 뻔뻔스러운 놈인지 다퉜다.(물론 반쯤 농담이다.) 그러던 중 「응답하라 1988」 때문에 눈물을 쏙 빼기도 했다. 드라마를 보며 우는 성격은 아닌데, 악랄한 언니와 케이크를 공유하는 덕선이가 마치 나 같았다. 덕선이는 며칠 차이라도 나지 나는 완전히 같은 날이라 더 그랬다.

내 또래들은 대부분 햄버거집 생일파티에 대한 추억을 가지고 있다. 그게 우리네 초등학교 시절의 세련이었다. 동네 롯데리아나 맥도날드에서 불고기버거 세트를 먹고 나이만큼의 초를 불고, 선물을 교환하면 끝나는 자리였다. 여유 있는 엄마들은 커다란 거실에 눈이 휘둥그레지는 생일상을 차려 주기도 했다. 그런 걸 본 적이 없는 나는, 어떻게 김밥과 치킨과 피자와 족발과 떡볶이와 케이크가 한자리에 모일 수 있는지 납득하느라 하루치 호기심을 다 쓰곤 했다.

공주 같은 친구들이 더 귀해지는 파티에 가는 게 얼마나 설렜는지 모른다. 나 역시 내 생일 하루쯤은 공주이길 고대했지만, 부모님은 바빴고 시간이 날 땐 언니를 먼저 챙겼다. 열 살 전후의 장녀에게는 앞으로 져야 할 의무만큼의 권리가 먼저 주어지기 마련이었다. 내게는 별게 없었다. 옷도 책도 액세서리도 케이크도 온전하게 내 것이거나 새것인 적이 없었다. 나중엔 그것들마저 급격히 줄었는데, 동생이 태어났기 때문이다. 잠시 막내이던 나는 동생 덕분에 한층 떨떠름한 위치에 서게 됐다. 둘 다 겪어 본 바로는, 둘째이자 막내라는 신분이 그냥 둘째인 것보단 높았다.

유년 시절을 떠올리면 언니에겐 서럽고 동생에겐 부러

운 느낌이 있다. 언니는 모든 용품을 새로 샀고, 그것들이 헐 대로 헐었다는 이유로 동생도 새것을 썼다. 하지만 내 물건들은 다 어딘가 좀 거지 같았다. 사실 어쩌다 코찔찔이 두 동생의 대장이 된 언니나, 미치광이 폭군들의 쫄병이 된 동생이나 나름대로 서럽고 부러운 면이 있었을 것이다. 그래도 난 장녀나 막내로서 막강했던 그들이, 앞에서 세나 뒤에서 세나 '둘째'인 나보다 서러울 순 없다고 자신했다. 오죽하면 "둘째가라면 서러운"이라는 표현이 있겠는가.

내가 부모님의 최우선 과제가 될 때마다, 어쩐지 선을 넘고 있다는 부적절한 느낌이 들기도 했다. 난 당연히 부모님을 첫째로 좋아했지만 아득바득 그들의 첫째가 되길 원하는 건 잘못 같았다. 최초의 짝사랑이 자기 검열로 끝나서인지 살면서 다시는 두 번째 짝사랑에 빠지지 않았다. 다만 언제부턴가 모든 사랑을 멸시하기 시작했고, 모든 선을 낮은 허들처럼 넘어 다녔다. 조금씩 오래 참는 아이는 나중에 아무것도 못 참는 아이가 되기도 하나 보다. 다른 자매들보다 유독 엉망진창인 내 10대가 그 증명이었다.

그럼에도 나는 언니와 동생을 너무너무 사랑했다. 한때 괴팍하고 식탐 많고 잘 우는 자매들을 위아래로 업신여긴 적도 있다. 언니는 다 큰 지금도 괴팍하고 식탐 많고 잘 울지만, 그 이상 대단하고 정말 멋지다. 내게 언니란 아무리 개판을 쳐도 특별함이 훼손되지 않는 존재였다. 반면 동생은 숨만 쉬어도 대견하다는 점에서 또다시 고유했다. 동생은 사랑스럽다. 제일 작고 귀여운 강아지도 집채만 하고 무뚝뚝한 내 동생을 이길 순 없었다. 똑똑한 언니와 독특한 나를 제곱한대도 우리는 동생만큼 천진하게 빛나지 못한다.

세 자매는 영원히 서로가 되지 않지만 싸운 후에 남이 되지도 않으며 좁은 집을 채웠다. 각자의 방을 가지지 못한 시절이라 말과 장난과 옷 들을 항상 나눴다. 매일매일 복근이 생기도록 울고 웃었다. 아무 말 하지 않는 날에도 어떤 대화는 끊임없이 속삭여지는 것 같았다.

세월이 흘러 셋 다 따로 사는 지금, 우리는 너무 자세한 안부를 나누지 않는다. 내가 잘 지내니 쟤도 잘 지낼 거라 함부로 안심하며 거리를 둔다. 그러다 서로에게 조금의 사건이라도 생기는 날엔, 모든 안심을 축구선수처럼 걷어차고 한 팀으로 모인다. 우리는 함께 머리를 모아 세상이 떠넘기는 과제들을 해결하기 위해 조금 부족한 채로 함께 태어난 것 같다. 아니면 지옥에서 떨어져 절단난 케르베로스일까?

한때 언니는 심하게 우울했고 나도 ADHD 판정으로 힘든 나날을 보냈다. 동생은 대학 졸업 후 저 자신의 존재 이유를 의심하는 백수였다. 그것 때문에 아직도 어느 정도 힘든 중이다. 그래도 우리가 셋이란 사실은 마지막에 거둬 갈 슬픔도 33.3퍼센트로 줄어들 거란 낙관으로 작용했다.

나는 종종 자매간에는 슬픔이 빠르게 전이된다는 점을 떠올리며 힘주어 우울을 관리한다. 언니나 동생이 알아채도 너무 속상하지 않을 이유로만 울적하게 산다. 이런 시도는 상당히 괜찮아서, 언니나 동생 아닌 타인을 위로할 때도 좀 더 의연한 내가 될 수 있다.

아빠는 나란히 서 있으면 벤티, 톨, 스몰 사이즈라 오히려 세트 같은 우리 셋을 모아 놓고 짓궂은 농담을 한다.

"집에 돈이 없으니 너희 사이가 좋은 거야. 콩만 한 돈이라도 있었어 봐, 이럴 수 있겠니? 부모 죽자마자 머리채 잡았지……."

아빠는 재미있고 겁 많은 아저씨라 괜한 농담과 괜한 걱정이 동시에 많다. 이런 건 우습지만 듣다 보면 무서워지는 가정이다. 나는 부모님의 장례식이 끝나기도 전에, 화장실에 숨어 법무법인에 전화 거는 나를 상상한다. 그런 일은 실제로 꽤 흔하고 내겐 공상이 많으니까 어렵지 않다.

"피를 나눈 머저리들보다 제가 더 가질 수 있나요?"

상상 속 내가 말한다. 내 옆 칸과 그 옆 칸을 채운 자매들이 각자 숨죽여 "제가 더 받을 수 있나요?" 하고 속삭이는 촌극을 그려 본다. 그 상상은 부모님이 돌아가신다는 전제부터 비현실적이기 짝이 없다. 그럼에도 왠지 현실에서 눈물이 퐁 솟아난다. 나는 아무와도 싸우기 싫고 가족과 싸우느니 미쳐 버리는 게 낫다고 생각한다. 자매들과 싸우다 보면 어차피 미칠 테니 초반에 돌아 버리는 게 수고를 덜 수 있다고…… 가족이 많은 나는 네 명이나 이겨야 짱이 될 수 있다. 짱이 되기가 너무 싫다니 왜 둘째로 태어났는지 이제는 알 것 같다.

솔직한 말로, 돈 갖고 싸워 볼 만큼 내 자매들이 부자였으면 좋겠다. 그 상상은 어떤 것보다 떨린다. 이 추운 날 이리도 뜨거운 콧김이 솟다니, 숨결의 온도로 내가 얼마나 속물인지 알게 된다.

나는 이제 내가 둘째인 게 좋은 둘째라서 첫 번째 부자 자리를 언니나 동생에게 흔쾌히 양보할 수 있다. 언니나 동생이 큰 부자가 된다면, 그들의 발톱 때를 벗기는 하인으로 활약하겠단 결의도 있다. 언니는 남이 자기를 제치는 꼴을 못 보니 제일가는 부자가 되어도 자연스럽다. 내게는 늘 어리기만 한 동생이 자산 규모에서 쿠데타를 일으켜도 멋질 것 같다. 어쨌든 두 번째 부자는 역시 둘째인 내가 어울린단 생각으로 오늘도 힘내어 산다.

부모라는 세계, 학교라는 벽

"부모는 아이의 세계"라는 표현에 동의한다. 갑을 설정 없이, 상대적이고도 절대적으로 부모 자식의 관계를 설명해 주기 때문이다.

ADHD인 나도 질환 이외의 특성은 부모님을 닮았다. 생의 첫날부터 산만하고 느리게 부모라는 세계로 편입된 결과다. 나는 엄마의 방식으로 세상을 느끼고 아빠의 방식으로 소통한다. 가끔 전혀 다른 방향으로 튀지만 결국 안락한 두 분의 세계로 돌아오게 된다. 어쩌면 내가 숨긴 제1 국적은 부모님일지 모른다.

ADHD가 유전적 결함이라 믿을 땐 부모님에 대한 존경이 떨어지기도 했다. 실패한 청소년 드라마의 주인공처럼 '어쩌자고 이 지경으로 낳은 거지?' 하고 원망도 했다. 그러거나 말거나인 지금은, 부모님이 ADHD인 나를 유지 보수하는 데 열심을 다 바친 엔지니어라고 생각한다. 그때 대출한 인내를 변제할 길이 없어 매일 긴 글을 적는지도 모른다.

에세이를 가장한 반성문이 내가 망친 그들의 젊은 시절을 보상할 수 있기를 바라면서.

어쨌든 10대 시절 우리 사이는 더없이 나빴다. 내 미래와 엄마 아빠의 안색이 두루 그늘진 시절이었다. 나와 싸운후 부모님은 서로와도 싸웠다. "애를 어떻게 키우는 거야?", "아니 애는 나만 키워?"라는 식의 고루한 다툼은 아니었다. 부모님은 차마 상대방을 의심할 수 없을 만큼 나를 열심히키웠다.

책임을 미루지는 않았지만, '쟤가 왜 저러는지' 서로에게따져 묻긴 했다. 마이크는 내게도 쥐어졌다.

"대체 불만이 뭐야?"

묻는 사람만 있고 답이 없으니 집구석이 춘추전국시대로 저무는 거였다. 나는 어렸고, 내가 ADHD인 줄도 몰랐기에 나로 인해 박살 난 분위기를 짜 맞출 수 없었다. 회피에대한 죄책감도 없어서 내 한 몸 가뿐하게 밖으로만 나돌았다. 가정에도 학업에도 집중하지 못한 채 바깥의 진공을 떠돌던 시절이었다.

학생 때 부모님과 가장 크게 갈등한 주제는 '자퇴'였다. 나는 초등학교 1학년 3월 2일부터 대학교 졸업식까지 매 순간 자퇴 욕구에 시달렸다. 아빠가 "애비를 감옥에 보낼 셈이냐?"라고 푸들푸들 떨어 결국 포기했지만 마음은 늘 학교

바깥에 있었다. ADHD이거나 ADHD의 부모라면 애가 어떤 식으로 학교에 적응을 못하는지 알 것이다. 선생님에게 전화가 와서 불안하거나, 선생님한테 전화가 올까 봐 불안하거나. 우리 엄마도 그런 불안들을 버티며 꾸역꾸역 나를 등교시켰다. 대안학교도 생각했지만 집에서 너무 멀었다. 부모님은 울타리 안에서도 겉도는 나를 더는 내돌릴 수 없다고 판단하셨다. 대안학교가 무산되자 진짜로 대안이 없어졌다.

남은 날들은 그저 버티는 거였다.

파친코에 다니는 건달처럼 등교를 지속했다. 성적도 품행도 나쁘고 갖가지 말썽이 끊이지 않는 내게 학교란 희망도 잭팟도 없는 곳이었다. 경찰 같은 선생님이 불시에 나를 연행해 가는 곳이기도 했다. 내가 교실에서 확인할 수 있는 건 나에 대한 불가능뿐이었다. 자리에 앉아 있지 못하고, 조별 활동에 충실하지 못하고, 성실한 결과물을 하나도 못 내는 내게 모두 '너는 왜 그러냐'고 물었다…… 나도 몰랐다.

확실한 것은 튀기 위해, 남들을 골려 먹기 위해 이상행동을 하는 게 아니라는 거였다. 나는 오히려 누구보다 남들 속에 속하고 싶었다. 내가 결코 들어갈 수 없는 하하호호의 세계에 부드럽게 입장하고 싶었다. 하지만 머릿속에 불량배가 살고 있는 듯했고, 그 아이가 식인종이라 진실한 나는 이미 잡아먹힌 느낌이었다. 착한 나, 성실한 나, 어여쁜 나는 이빨에 낀 고기 조각으로나 존재하는 것 같았다. 사실 사고를 친다는 자각조차 해 본 적 없었다. 나의 모든 사건은 '정신 차려 보면 이미 발생'되어 있었다. 왜 지각이지? 왜 숙제를 하지 않지? 왜 밥을 안 먹거나 밥만 먹지? 엄마 사인은 어디에? 왜 떠들어? 왜 돌아다녀? 왜 싸워? 혼날 때마다 초월적 절대자에게 되묻고 싶은 심정이었다.

제가 대체 왜 이러는 것입니까? 무엇이 저로 하여금 저 자신을 추방하도록 만드는 것입니까?

그런 이유로, 설교나 혼쭐은 의미 없었다. 스스로 통제하거나 변할 수 없었기 때문이다. 나는 대부분의 수업 시간에 쫓겨나거나 탈출하거나, 따로 벌을 받는 중이었다. 아니면 마음대로 돌아다녔다. 갖가지 이유로 교내 봉사 처분을 받았지만 창피하다는 감각이 없었다. 당시 내가 다니던 학교에서, 징계를 받은 학생은 책상을 빼 교무실 앞 복도에 붙여 놔야 했다. 문제아니까 수업에서 제외하고 특별 감시하겠다는 의미였다.

그때는 수업을 빠지는 게 어째서 벌인가 오래 고뇌했고 결국 이해하지 못했다. 복도에 앉아 흰 벽을 마주 대하는 시간은 조용하고 시원해서 꽤 괜찮았다. 오가던 선생님들이 꿀밤을 먹이거나 핀잔을 주기도 했지만, 시끄럽고 열 받는 일이 많은 교실보다는 벽이 나았다. 그 후로 나에겐 벽을 보며 화나 눈물을 참는 버릇이 생겼다. 벽 앞에서 반성문을 쓰던 기억 때문에 나쁜 상황과 감정에 대한 인내 요구가 벽과의 연결성을 획득한 것 같았다.

그리고 나는 의외로…… 복도에 얼룩진 껌 떼는 일을 좋아했다. 껌 떼기는 교무실 복도로 등교한 내가 반성문을 다 쓴 후 이행해야 하는 임무였다. 같이 징계를 받는 친구나 선배들은 죄다 그 일을 싫어했다. 착한 선생님은 고무장갑을 줬지만, 아닌 경우 맨손으로 수세미와 껌 칼, 퐁퐁을 다뤄야 했다. 더러운 일이었다. 그러나 내 손이 닿아 거룩할 정도로 깨끗해진 복도를 보면 삼모작에 성공한 농부처럼 즐거웠다.

비위 약하고 게으른 내가 왜 그런 걸 좋아했을까?

슬프게 짐작건대…… 껌 떼는 일은 내가 학교란 공간에서 성취감을 느낄 수 있는 유일한 작업이었던 것 같다. 다른 애들이 진로에 대한 가능성을 긁어모을 때 나는 씹다 뱉은 껌딱지나 모으며 위안을 챙긴 것이다. 내가 겪은 불이익은 대체로 내 잘못이지만, 이 지점을 떠올리면 어쩔 수 없이 서글픈 기분이 된다.

가끔 ADHD란 존재하지도 않고, 약도 치료도 정신과의 상술이라는 말을 들을 때마다 쭈그려 앉아 껌 떼던 순간이 떠오르곤 했다. 타인에게 불쾌감을 주지 않고는 단체생활을 못 하던 내가, 자기혐오를 방패 삼던 10대의 내가 껌 대신 처방전을 뗐더라면 인생이 좀 달라지지 않았을까 하는 회한이었다. 지금 여상히 삼켜 대는 알약이 그때도 주어졌더라면 나는 밖으로 나도는 대신 내 안으로 내달렸을지 모른다. 어차피 내가 뗄 껌을 뱉는 친구한테 "야, 이 시발 새끼야 다시 안 처먹어?"라고 하는 대신, 아주 차분하게, 올바른 환경 미화에 대한 의견을 전할 수 있었을지도. 그럼 서른 살의 나는 동창회에 떳떳하게 나가는 사람이 되지 않았을까? ADHD 약을 먹는다고 갑자기 에디슨이나 아인슈타인이 되진 않았겠지만 누군가의 상냥한 친구나 딸은 될 수 있지 않았을까 싶은 것이다.

세월이 지난 후 ADHD의 가능성을 긍정하게 되었지만, 10대 시절에 한해선 늘 후회가 남았다. 놓친 가능성과 돌이킬 수 없는 시간들이 언제고 현재의 최선을 깎아내렸다. 나는 학생 때만 누릴 수 있는 학생다운 것들의 총체를 서른이 된 지금까지 몰랐다. 공부하고, 친구를 사귀고, 스승과 신뢰 관계를 쌓고, 적은 용돈과 큰 정성으로 효도하는 코 묻어서 깨끗한 기억들이 내겐 없다. 당시엔 학생다운 것이 최고라는 사람이 얼간이 같았는데, 지금 생각하면 나를 바꾸려 노력해 준 고마운 이들이었다. 많이 교정된 후에야 도착할 리 없는 존경을 과거에 실어 보낸다.

그 시절에 대해 엄마는 이렇게 증언한다.
"그래, 너 사춘기 때 엄마 아빠 정말 힘들었어."
사실 난 ADHD라 딱히 사춘기랄 게 없었다. 오히려 사춘기라는 단어가 내 증상들을 일시적이고 일반적인 것처럼 은폐했다. 그리하여 나는 사춘기의 피해자이자 부모라는 세계의 가해자였다.

"아빠 옛날에 너 때문에 많이 울었잖니."

"허걱, 슬퍼서?"

"아니…… 열 받아서."

내가 학교에서 벽을 보던 시간, 부모님도 나와 자신들 사이 불가해의 벽을 보고 있었을 것이다. 우리는 비슷한 종류의 벽을 각자의 장소에서 만난 후 계속계속 집으로 귀가했다. 어린 내겐 벽을 쳐다보며 가짜 반성문을 적는 능력밖에 없었으므로, 벽을 부수어 벽 안의 나를 안아 든 건 역시 부모님이었다. 10여 년이 지나도록 부모의 세계를 자꾸 떠나려던 나는 고무줄의 관성처럼 여기로만 돌아오게 되었다. 그들이 나의 세계가 되어 주어서, 탕아 취급을 받는 순간에도 귀할 수 있었다. 나는 긴 시간 슬퍼했으나, 긴 시간 천할 수 없는 사람이었다. 아무리 천해져도 부모 안에서만큼은 영원한 특권층이자 일등 시민이었다.

'금사빠'의 미성숙 연애론

ADHD 진단 이후 단기간에 많은 양의 성숙을 챙기려 노력해 왔다. 실제로도 치료 기간과 약값에 정비례하게 성숙해졌다고 생각한다. 어쩌면 난 성숙함 자체보단 '성숙해지고 있다'라는 미래지향적 환상에 집착 중인지도 모른다. 그런데 어떤 집착적 노력으로도 성숙해질 수 없던 분야가 바로 '사랑'이다.

연애라고 해야 옳을까? 나는 한 남자와 오래 보지 못한다. 이건 연인 관계를 형성하고 유지하는 방식에 대한 얘기다. 내가 만약 동성애자였어도 가여운 동성 연인과 똑같은 문제들을 겪었겠지. 이성애자란 사실이 비극 같아도, 어떤 여성들을 내게서 구했다는 점에선 이타적일지 모르겠다.

웃긴 건 연애에 이토록 회의적인 내 별명이 '금사빠'와 '금사깨'라는 것이다. '금방 사랑에 빠지고 그 사랑이 금방 깨진다.'는 뜻이다. 나는 사람을 쉽게 만나고 쉽게 헤어지는 사람들이 꿀밤을 맞아야 한다고 생각한다. 그래서 자주 내

머리를 때린다. 억울한 면이 있다면 시시각각 새 연인을 필요로 하는 건 내가 아니라 나의 사건들이라는 것이다.

ADHD는 "티끌 모아 태산"이라는 격언을 몸소 보여 주는 질환이다. 자꾸만 뭔가를 잊고, 몸을 다치고, 길을 헤매고, 구설수에 휘말리거나 사고를 치는 일상이 티끌처럼 쌓인다. 하루이틀이 1년, 5년 쌓이다 평생이 되는 순간 태산만 한 타격이 되는 것이다. 사람들은 1, 2, 3등의 삶엔 동경을 표하지만 꼴등의 삶에는 동정조차 느끼지 못한다. 언제나 등수로 줄 세우는 분야의 꼴등을 도맡던 나는 가끔 외롭고 오래 괴로웠다.

괴로움이 생겼을 때 해결법은 일부러 반대로 튀는 것이다. 완벽한 똑똑이가 되지 못한다면 완벽한 모지리에 만족하면 되는 거였다. 한데 그렇게 살려면 조력자가 필요했다. 나 대신 잊은 스케줄과 준비물을 챙기고, 다치기 전 잡아 주고 다친 후엔 치료를 해 줄 사람.

애초에 공간 해독 능력이 떨어지는 내겐 지도 보는 법을 알려 주겠단 인간들이 거추장스러웠다. 그보다는 밝은 길눈을 뽐내며 나를 데리고 다니는 가이드 맨이 좋았다. 그의 동기가 '나를 사랑하는 마음'이어야 헌신을 받아도 불편하지 않으니, 이런 역할을 할 사람은 응당 연인이어야 했다.

대단히 성가신 나를 흔쾌히 돌보는 게 최우선 과업이므로…… 나는 연인의 외모를 따지진 않았다. 그가 언제나 내

행동을 주시하는 시시티브이기만 하면 되었다. 나를 잘 챙길 것 같으면 외모가 어떻든 상관없었다. 그가 좋은 사람이냐고 물으면, 나도 모른다. 고심해서 판단한 적 없으니 어딘가 확 돌아 있을 확률이 컸다. 그러나 새로운 사람을 찾아야 할 필요성에 맞닥뜨리는 것보단 판단 자체를 유보해 버리는 게 쉬웠다.

나는 내가 누굴 만나든 짧게 행복하다 오래 괴로운 후 시시하게 헤어질 거라고 확신한다. 그래서 나의 현재지만 과거가 될 남자들이 진짜로 '누구'인지는 궁금하지 않았다. 약간의 자포자기도 있었다. 알려고 들면 알 수나 있나? 나 자신을 몰라 29년을 헤맸는데 저 사람을 알려면 몇 년이 걸릴지, 싶은 마음이었다.

그래도 사귀기 전엔 영원을 꿈꿨다. '우리 둘이 사이좋게 오래오래'는 부자 되는 꿈이나 하늘을 나는 꿈처럼 재미있고 기분 좋은 환상이었다. 나는 항상 '남친 후보'를 최대한 좋아하려고 노력했다. 타인에게 피상적인 관심만 가질 뿐인 내가 열과 성을 다해 그를 알아 가고 공감하고 칭찬하는 것이다. 정신을 차려 보면 어느새 그의 인생 조수석에 올라타 버린 내가 있는데 이상한 건, 그때부터 후회가 시작된다는 것이다.

잘하는 짓일까? 나는 손톱을 물어뜯는다. 아니지, 그럴

리는 없지……. 나는 실수했다. 너무 빨리 짝꿍을 정한 죄로 너무 늦게 초조해졌다. 마음을 찡그리며 사랑을 연기하는 건 배덕감이 드는 일이었다. 커플 사진 속에서 실없이 미소 짓는 나를 보고 있자면 그냥 다 때려치우고 싶다는 생각만 들었다.

그래도 이 시기의 혼란을 견디면 놀라운 진척이 있었다. 내가 원하는 건 신발 선물이 아니라 풀린 신발끈을 묶어 줌으로써 넘어지는 걸 방지해 주는 사람이었다. 마트 계산대에서 카드를 꺼내는 사람이 아니라 장바구니에 빼먹은 목록이 뭔지 나 대신 체크하는 사람. 멋진 곳에 데려가지 않아도 좋다. 하지만 내가 꼭 가야 할 병원이나 회사에는 데려다주어야 한다.

남자들은 이런 걸 어려워하지 않았고 스스로 뿌듯해하기도 했다. 게다가 나는 칭찬에 몹시 후했다. 내 남자 친구들은 하나같이 인정 욕구에 목말라 있었기 때문에 우리는 꽤 괜찮아 보였다. 이때가 내가 벌이는 연애의 황금기다. 모든 실수가 개성으로 포용되고 각자 엉망진창인 우리가 서로를 만나 나아지고 있다는 착각이 들 때 말이다.

하지만 그런 시간은 길지 않다. 여전히 너는 너대로 나는 나대로 진상인 데다 근본적인 변화가 없기 때문이다. 우리가 익숙해지면 "이제 좀 알아서 할 때도 되지 않았어?", "나만 매번 챙길 수는 없잖아."라는 말이 나오게 된다. 나 역시

할 말이 많다. "자기가 약속하지 않았으면 내가 했을 거야. 하지만 네가 한다며?" 이런 식이다. 서로 사랑하기 위해 만난 건지 지리멸렬해지기 위해 만난 건지 헷갈릴 때쯤 나는 탈주 욕구를 느낀다.

남자 친구가 사소한 것에서조차 불성실해진다는 건 내게 큰 위기다. 헤어지자 말하면 늘 "고작 이런 일 갖고 왜 그러냐?"라는 대답이 돌아오지만, 나는 개별 에피소드에 화가 난 게 아니다. 그가 드디어 내 시중들기를 귀찮게 여기기 시작했음이 중대한 이별 사유가 되는 것이다. 티끌이 태산을 만드는 게 ADHD라면, 태산 같던 내 영향력이 티끌처럼 날리기 시작하는 게 사랑의 종말인 듯하다.

기분은 나쁘지만 내 연애가 유아적이고 착취적이라는 피드백에 동의한다. 남자가 있어서 편해지는 만큼 그 시기의 내 성장은 멈춘다. 어쩌면 술이나 마약보다 무서운 것이 일상의 안락함일지도 모르겠다. 술이나 마약은 끊고 싶지만 안락함이라는 건 도무지 스스로 빠져나오고 싶은 상태가 아닌 것이다.

언젠가 '너는 진실한 사랑을 믿느냐'라는 질문을 받은 적이 있다. 친구는 애정의 등가 교환에 서툴고 정서가 다소 불안정한 내가 그딴 걸 믿다 상처받을까 봐 걱정하는 듯했다. 나는 진실한 사랑보단 진실한 보살핌에 관심이 있다. 그리고 둘 다 믿지 않는다. 진실하다는 표현은 티끌 하나도 허용하지 않는다는 점에서 불안하기 짝이 없다. 불안하기 짝이 없는 상태를 견디느니 그냥 짝 없는 상태로 사는 게 나아서, 나는 요즘 모처럼 솔로다. 진실한 사랑은 고양이에게 시도 중인데 인간과 하는 것보다 잘되어 간다.

사랑 얘기 같은 이별 얘기

나는 금방 사랑에 빠진다. 아무나 좋아하기 싫지만 좋아하다 보면 역시 아무나인 경우가 많다. 사람 보는 눈이 없는 걸까? 까다롭게 따질수록 사랑할 만한 사람은 줄어드니까, 어쩌면 사람 보는 눈을 뜨기 싫은 건지도 모르겠다.

사랑에 빠졌다는 증거는 비밀을 나누고 싶은 마음이다. 나의 경우 상대방에게 내가 ADHD라는 사실을 말하고 싶어진다. 토요일 정신과 방문 스케줄을 숨기기 싫어진다. 나의 병력과 능력과 그것들의 한계를 몽땅 털어놓고 우리가 비정상적인 속도로 가까워지는 상상을 한다. 비정상적으로 많이 말하고, 함께 밥 먹고, 서로의 장점을 찾아 주고 자꾸만 더 더 더 원하게 되는 일련의 과정들⋯⋯. 이런 상상은 너무 즐거워서 몇십 킬로의 몸이 늘 공중에 떠 있는 기분을 준다.

나는 말한다.

"나에겐 아주 작은 불편이 있고, 나 때문에 너까지 불편해질 수 있어. 그래도 함께하겠니?" 내 고백엔 회원가입 약관 같은 물음이 내포되어 있다. "괜찮다면, 나 역시 너에게 만은 더 괜찮은 사람이 되려고 노력할게." 나는 결실을 맺고자 미래시제를 남발한다. 하지만 역시 숨긴 진심은 "제발 나만 보면서 내게 동의해!"라는 부추김일 것이다. 나는 혼자서만 설렐 수 없는 인간 특유의 경솔함 덕분에 행복을 쟁취한 것만 같다.

그러나 나는 의외로 사랑 자체를 혐오했다. 사랑은 내게 혼자 되는 두려움을 가르치면서도 자꾸 혼자가 되라고 다그쳤다. 내 인생이 늘 만남과 이별 어디쯤을 헤매게 된 것도 모조리 사랑 또는 사랑이 준 두려움 탓이다. 혐오하면서도 자꾸 원한다는 것 때문에 나는 사랑을 인식할 때마다 슬퍼졌다. 입은 결국 굽이굽이 항문과 연결된 것처럼…… 진수성찬으로 온 내 사랑도 마지막엔 똥이 될 수밖에 없는 운명일까 오래 고뇌했다. 하지만 고뇌하는 것에 대해 모든 답을 안다면 그건 아인슈타인이다. 나는 그냥 나라서 사랑의 본질보다는 나만의 끝을 알았다. 한마디로 그건 '데칼코마니'였다.

나는 금방 사랑에 빠지지만 빨리 깨어나기도 한다. 아무나 좋아할 수 있다는 건 아무나 싫어할 수 있다는 말이기도 하다. 사람 보는 눈이 왜 없었던 걸까? 까다롭게 따지더라도 사랑할 만한 가치가 있는 사람을 골랐어야 했는데. 이건 어쩌면 사람 보는 눈을 감은 대가인지도 모른다.

사랑이 깨졌다는 증거는 비밀을 회수하고 싶은 마음이다. 나의 경우 상대방에게 내가 ADHD라고 털어놨던 것을 후회한다. 토요일마다 정신과 방문 스케줄을 공유하며 민망해진다. 나의 병력과 능력과 모든 한계를 몽땅 털어놓았는데도 우리는 비정상적인 속도로 멀어졌다. 비정상적으로 많이 싸우고, 저녁 한 끼를 함께하지 않은 채 서로의 단점만을 찾다 자꾸만 더 더 더 미워하게 된다. 이런 일들은 너무 끔찍해서 몇십 톤의 추를 달고 지하로 처박히는 기분이 되곤 한다.

나는 말한다.

"우리에겐 몹시 큰 불편이 있고, 너 때문에 나는 더 슬퍼지고 말았어. 이제 날 떠나 줄래?" 내 선언은 회원 탈퇴 결정처럼 갑작스럽다. "나도 안 괜찮을 것 같지만, 네가 얼른 괜찮아지길 바랄게." 나는 결말로 가고자 미래시제를 남발한다. 하지만 역시 숨긴 진심은 "제발 나를 보지 말고 빨리 동의해!"일 것이다. 나는 혼자서만 설렐 수 없는 인간 특유의 경솔함 때문에 완전 망한 것만 같다.

그러니까 자꾸 사랑 자체를 혐오하게 되는 것이다. 사랑은 내게 혼자가 아닌 두려움을 가르치면서도, 다시 절대 혼자 있지 말라고 다그쳤다. 내 인생이 늘 명징한 만남과 흐지부지한 이별에 처하게 된 것도 모조리 사랑 또는 사랑이 준 두려움 탓이다. 그래도 혐오하는 걸 원한다는 것엔 쾌감이 있어서 나는 사랑을 인식할 때마다 기뻐졌다. 닫힌 입구는 결국 창문으로 통해서 진퇴양난 같은 우리일지언정 운명일까 오래 고대했다. 하지만 아인슈타인도 고대하는 것마다 답을 얻지는 못했다. 그보다 보잘것없고 궁금증만 많은 나는 사랑의 본질도 내 사랑의 끝도 영영 모를 것이다. 그러니 사랑은 한마디로 내게, 대가가 따르는 코미디다.

우리 딸은 언제 결혼할 거야?

부모님은 서로 행복하다고 한다. 보기에도 그래 보인다. 젊을 땐 그들도 싸웠다. 집을 집구석이라 부르던 나날이 나의 학창 시절에도 있었다. 하지만 끝을 본 적은 없고 두 분은 아직도 부부다. 어린 시절부터 더는 어리지 않은 지금까지 나는 그 사실을 보호막처럼 누려 왔다.

흔한 말로 가족을 둥지라고 한다. 흔한 표현은 싫지만 아직 '둥지'만큼 멋진 두 글자를 찾지는 못했다. 엄마 아빠는 서른을 앞둔 내게 아직도 훌륭한 둥지였고, 때문에 난 독립된 세계를 홀로 꾸리고 싶은 마음이 없었다.

부모님의 내리사랑 아래서 나는 뙤약볕에 방치된 젤리처럼 흐늘흐늘한 인간으로 자랐다. 아무도 그렇게 키우지 않았지만 혼자 단단함을 잃어 갔다. 부모님은 그런 내가 얼른 단짝을 만나길 바랐다. 엄마는 내 신랑의 역할을 '보호자'로 정의하고 물음표의 남자가 빨리 좀 나타나 주길 고대했다. 아빠의 의견도 엄마와 같았다.

"우리 딸은 언제 결혼할 거야?"

"엄마, 난 남편 필요 없어. 결혼 안 해."

부모님이 자꾸 묻는 이유는, 내게 누구를 붙여 줘야만 온전해질 것 같은 느낌이 들기 때문이다.

"너희 아빠나 형부 같은 사람 만나면 좋잖아."

"좋긴 하겠지."

"근데 왜 결혼을 안 해?"

좋은 상태를 어째서 추구하지 않느냐는 물음은 늘 곤란했다. 이럴 때 난 장황설로 상황을 돌파했다.

"들어 봐, 엄마."

나는 엄마 얼굴에 계곡 같은 주름이 몇 개인지 헤아리느라 망원경 같은 표정이 되어 말한다.

"유독 햇살이 따사롭고 구름무늬가 아름답던 주말이었어. 나는 늦잠과 낮잠을 차례로 완료하고 고양이 맷돌이와 비정기적 가족 회의를 열었지. 내가 물었어. 맷돌아, 너에게 새아버지가 필요하니? 그랬더니 맷돌이가 무릎을 꿇고 큰절을 올린 후 이렇게 대답하는 거야. '어머니, 저에겐 새 아버지가 필요 없습니다. 헌아버지조차 가져 본 적 없지만 우리의 코딱지 하우스에 더 이상의 인류는 사양이에요.' 그래서 난 결혼하지 않아!"

내 헛소리에 이골이 난 엄마는 "들어 봐, 엄마."라고 말을 시작할 때부터 아무것도 안 듣고 있다. 그래도 이상한 자식이 됨으로써 쓸모없고도 진지한 대담을 피할 수 있다는 건 총명한 일이었다.

사실 내가 결혼 이야기를 싫어하는 데엔 3268가지 이유가 있다. 그중 가장 큰 이유는 이거다. 나는 도무지 한 사람과 오래 살 자신이 없다. 한 사람에게 평생 만족하거나 그를 평생 참아 줄 수가 없다. 퇴로 없는 관계, 우리는 영원할 테니 도망칠 곳은 생각지도 말자고 약속하는 관계가 무겁고 무서웠다. 나는 대피로가 있다는 확신이 있어야만 대피하지 않으려고 노력하는 사람이다. 언제든 때려치울 수 있어야 그게 지금은 아니라고 용기 낼 수 있다. 통신사 해지 후 위약금 무는 정도의 피로만으로 이혼할 수 없다면 결혼도 불가능했다. 심지어 결혼도 통신사 용무보다는 에너지가 드는 일이었다.

"아빠는 네 엄마랑 '그렇게' 잘 살아왔잖냐."

"너무너무 대단합니다."

"우리 딸도 얼마든지 할 수 있어."

"난 너무너무 대단해지고 싶지 않은데."

"나중에 네가 부모 장례식장에서 울 때 누군가는 네 옆에 있었으면 한다."

"엄마 아빠가 죽으면 난 너무 슬퍼서 곁에 누가 있든 말든 죽고 말아."

"요게 애비 앞에서 죽는단 말을 잘도 하네."

"아빠가 먼저 꺼냈잖아!"

결혼 얘기를 하면 부모님과 나의 대화는 금세 길을 잃었다.

요즘은 인스타그램이나 오늘의집 애플만 켜도 아름다운 신혼의 모습을 쉽게 감상할 수 있다. 신축 아파트에 백색 가전을 채워 넣고 컬러 소품으로 포인트를 넣은 집. 작거나 크거나 신혼의 분위기는 세련됐다. 테이블도 테이블 웨어도 그 위에 담기는 음식도 잡지 화보 컷처럼 말끔하다. 결혼하는 사람들은 대부분 자기만의 일상 화보 속 주인공이 되고, 그런 건 내게도 좋아 보였다. 내가 싱글이면서 신혼만큼 세련되길 원한다면 지금의 2.5배는 벌어야 할지 모른다. 고양이 몫까지 하면 세 배, 아니 네 배는 있어야 할 것이다.

반면 내게 남편이 있다면 그는 평생 우리가 배출하는 음식물 쓰레기와 재활용을 해치워 줄 것이다. 운전을 하고 욕실 청소를 하고, 그보다 많은 일을 하며 집을 위해 기능하겠지. 우리는 마트에서 식재료를 사 와 네 개의 손으로 두 사람분의 저녁을 준비할 것이었다. 외롭지 않은 수저질이 반복되면 마침내 난 그런 삶 또한 행복임을 깨닫게 될지도 모른다. 나는 좀 간사하니까 '아, 왜 이렇게 늦게 결혼했지?' 하고 공연한 후회를 할 수도 있다. 어깨가 넓고 마음은 그보다 더 넓은 남자와 계속계속 함께 잠든다면, 빈약한 악몽도 내 꿈속에 오래 머물길 주저할 터였다. 혼자라면 엄두를 못 낼 여러 가지 경험과 결단도 날 좀 더 강하고 온화한 사람으로 만들어 줄지 모른다.

그럼에도 불구하고 내 마음은 여전히 결혼과 멀다. 아직
까지 짝이 없는 걸 보면 결혼 쪽에서도 나와 친할 생각이 없
는 것 같다. 내게는 늘 홀로 할 일이 많으니 남편은 딱히 없
어도 좋다는 생각이 든다.

하자 인간의 완벽한 고양이

2020년 6월, 나는 5주 된 아기 고양이와 반려 관계를 맺었다. 본가에 살 적 부모님이 집 안에 들이는 동물은 술 먹고 개가 된 나 정도였기 때문에, 진짜 동물 친구의 등장은 마약 같은 감격을 주었다. 나는 강하게 오래 살라는 의미로 그 애의 이름을 '맷돌이'라고 지었다. 이상하단 의견이 많았지만, 맷돌이는 사랑스럽고 귀여운 매력으로 이름의 난해함을 중화시켰다.

고양이를 들이기로 한 이유는 생각보다 시시했다. 엄마의 허락을 받았고 연봉 협상을 앞두고 있어 금전적 여유가 생길 예정이었다. 그리고 연애와 결혼이 전제되지 않는 새 가족이 필요했다. 나는 그 두 가지에 대한 환상을 버린 상태였지만 마음이 공허하긴 했던 것 같다. 연봉 인상 폭이 얼마가 되든 그 이상을 고양이에게 쓰겠다 다짐한 후 입양 절차를 밟았다.

난생처음 펫 택시를 타고 돌아오는 길, 내 품 안의 맷돌이는 320그램이었다. 고양이가 너무 작아 덜컥 불안해졌고 갑자기 스스로가 머저리처럼 느껴졌다. 동시에 기대감이 샘솟아 미칠 지경이었다. 나는 본래 미치길 두려워하면서 정상임을 인지하는 사람이지만 그땐 진실로 불안했다.

내가 단순히 흥미를 위해 고양이를 들이는 건 아닐까? 고양이가 계속 내 흥미를 끌어 주지 못하면 내가 맷돌이를 짐짝처럼 여기게 되지 않을까? 맷돌이가 갑자기 죽으면 나는 어떡하지? 못난 생각들이 반죽처럼 뒤섞였고 어떤 빵으로도 구워지지 않았다. 맷돌이를 생각하면서도 실은 내 처지만 첨예하게 궁리하고 있었으니, 그때까지의 나는 이타적이고 싶은 이기적인 사람에 불과했다.

사실 나는 맷돌이를 만나기 전부터 부족한 존재와 부족한 존재가 만나 행복해지는 이야기에 코를 훌쩍이곤 했다. 그중 '앉은뱅이와 장님' 설화가 제일 감동적이었다. 캄캄한 밤, 배고픈 호랑이가 어슬렁거리는 산길, 앉은뱅이는 장님에게 업힌다. 장님은 앉은뱅이가 알려 주는 방향대로 걷는다. 두 사람은 호랑이에게 잡아먹히지 않고 무사히 산을 빠져나온다…….

언제 어느 때고 어딘가 모자란 나는 늘 나처럼 무언가 부족한 짝꿍을 찾아 헤맸다. 다행히 인간 세상엔 결핍으로 충만한 이들이 많았다. 하지만 결핍하면서도 결백한 이들은 거의 없었다. 그들과 타협하자면 나의 밤길은 더욱 혼탁해졌고 어떤 출구도 찾을 수 없었다. 만났던 것처럼 헤어지는 것만이 그나마의 출구인 듯했다. 많은 인연을 떠나보내며 느낀 건 사람에 대한 기대를 거두어야 사람들을 사랑할 수 있다는 사실이었다.

지내 보니, 나의 반려 맷돌이는 결핍이나 부족 같은 개념에 묶이지 않는 초월적 존재였다. 맷돌이가 무엇인지보다는 맷돌이를 만난 후 내가 그 누구도 바라지 않게 되었단 사실이 중요했다. 평생 환상의 파트너를 만나 환각같이 행복하길 바라 왔는데, 점점 비틀거릴지언정 스스로의 다리로 세상에 서고 싶다는 생각이 들기 시작했다. 부족한 나에게도 힘내서 지켜야만 하는 존재가 생겼기 때문이었다.

나름 열심을 다한 보살핌 아래, 맷돌이는 점점 따뜻하면서도 앙칼진 고양이로 자라났다. 내게 궁둥이를 착 붙이고 성질을 부릴 때마다 열기와 냉기를 함께 느낄 수 있었다. 나는 맷돌이에게서 사랑하는 존재가 뿜어 대는 냉기는 곧 온기로 변한다는 사실을 매일매일 배워 나갔다. 고양이가 가르쳐 준 바를 인간관계로도 확산하는 것 또한 재미있었다. 결과적으로, 만성적 허전함을 고양이로 채울 순 없었다. 사람이 고양이가 아니듯 고양이도 사람일 수 없는 탓이었다.

그래도 동거 생활 내내 치유 효과는 톡톡했다. 맷돌이 내 마음에 이미 뚫린 구멍을 막아 주진 못했지만, 구멍이랄 게 없는 새로운 세계를 열어 주는 것 같았다. 스스로를 챙기기도 벅차 남을 배려하기도 어려운 내게 고양이는 새로운 도전이자 발견이었고, 가족이면서 친구이기도 했다.

나는 고민 끝에 우리의 관계성을 '베스트 프렌드'로 정의했다. 나는 맷돌이를 낳지도 않았고, 똥꼬를 핥아 줄 수도 없기에 그의 엄마는 아니었다. 맷돌이보다 대단할 것도 없는 인생이니 언니라고 하기도 뭐했다. 반면 친구라는 어감은 얼마나 정다운지. 나는 나와 맷돌이를 두고 네로와 파트라슈를 떠올렸다. 우리가 그렇게 척 하면 착 하는 우정을 나누길 고대하면서 맷돌이의 성장을 기다렸다. 항상 예쁜 말만 쓰며 인생 파트너 대우를 해 주면 맷돌이도 응답하리라 믿어 의심치 않던 나날이었다.

물론 나의 기대는 곧 박살이 나고 말았다.

나의 아름다운 키티…… 맷돌이는 착하고 귀여웠지만 착하고 귀엽지'만은' 않았다. 제멋대로에 협동심이 없고 은근 고집불통이었다. 물건을 아낄 줄 몰라서 맘에 드는 것도 맘에 안 드는 것도 모두 다 부숴 버렸다. 나의 팔다리를 너무 많이 깨물었다. 개처럼 버느라 매일매일 진이 빠지는 내겐 맷돌이의 폭군 같은 행동이 버거웠다. 성격이 형성되기도 전에 데려온 아기 고양이가 점점 나와 똑같아지니 위기감을 느꼈는지도 모른다. 원해서 데려와 놓고 징징거리다니 쓰레기 같은 짓이지만, 안 힘들다 부정하는 것보단 쓰레기 되기가 쉬웠다.

그러나 맷돌이는 또 경이롭도록 사랑스러웠다. 맷돌이가 한 나쁜 짓들은 얼마든지 서술할 수 있지만, 맷돌이가 얼마나 사랑스러운지는 내 능력으로 묘사할 수 없다. 내게 몸통을 붙이고 잠든 모습, 까드득까드득 사료를 씹는 모습, 응가하느라 조그만 궁둥이를 바르르 떠는 모습, 갑자기 하품을 쩍 하는 모습, 사냥 후 전리품을 취해 자기만의 비밀 공간에 저장하는 모습 등 맷돌이의 일상을 보고 있으면 회백색의 내 삶까지 컬러풀해지는 느낌이 들었다.

매일매일 감동을 느끼는 삶.

그 단순한 조건의 충족은 내 마음의 용량을 완전히 바꿔 놓았다. 원래 20메가바이트 정도였다가 갑자기 2테라바이트 인간이 된 것 같았다. 난 밝아지고 너그러워졌다. 일상 속 "어떻게 그럴 수가 있지?"라는 대사들은 "어쩌다 보면 그럴 수도 있지."로 차차 바뀌어 갔다. 맷돌이가 치는 사고를 수습하다 보니 갑작스러운 해프닝에 대한 인내가 높아진 걸까 생각해 봤지만, 아닌 것 같았다. 나는 좋은 습관에 쉽게 길드는 사람이 아니었다. 나를 길들인 건 맷돌이의 존재 자체라고 봐야 옳았다. 맷돌이를 집에 두고 출근하면 짜증스러운 일도 많았다. 막히는 출퇴근 도로는 여전히 막막하고, 코로나 바이러스 확산 소식을 들으면 없던 인류애도 떨어졌다. 내 처지는 시시각각 가난하고 외로워졌다. 그런데 이상한 건 더 이상 그런 악조건이 나를 휘두르지 못한다는 거였다. 내 인생이 드디어 무기력과 우울의 궤도를 벗어나려는 것 같았다. 나는 아주 오랜 시간 '저절로' 그렇게 되기를 바라 왔다. 하지만 저절로 생기는 문제는 있어도, 저절로 해결되는 일은 없는 모양이었다. 맷돌이가 나를 구제했지만, 맷돌이를 만나러 간 건 나다. 나의 적극성이 없었다면 맷돌이의 존재도 없었을 것이다. 그렇게 생각하면 옳은 선택을 한 내가 그 전보다 훨씬 자랑스러웠다.

사실 맷돌이는 마법 고양이도 아니고, 혹자의 표현대로 '태어난 김에 사는' 고양이다. 하지만 태어난 김에 저렇게 잘 사는 것도 축복이다. 나도 태어난 김에 살지만, 죽을병도 아닌 ADHD 때문에 많은 시간을 버리며 괴로워했다. 완벽한 욕구 충족이 안 되는 건 맷돌이도 마찬가지일 거다. 하지만 맷돌이는 내 8평 오피스텔 안에서 허용되는 것 이상으로 자유로워 보인다. 맷돌이가 캣타워에 앉아 창밖을 바라보는 옆모습은 일견 경건하기까지 하다. 투명한 유리창 너머 별의별 인간 군상을 보며, 맷돌이는 무슨 생각을 할까 궁금해진다. 출근길에 헐레벌떡 뛰쳐나간 내가 조그만 점이 되어 나타나

길 기다리긴 할까? 난 밖에서 언제나 우리 집 창문을 헤아리며 맷돌이가 조그만 점으로 비치길 기다리는데 말이다.

우리는 지옥에서 온 사고뭉치

나는 어딜 가든 최고로 정신 사나운 역할을 하곤 했다. 누군가와 있을 때 가만있질 못해 난데없이 돌아다니고, 자꾸 먹거나 하나도 안 먹어 걱정을 끼치고, 몸을 다치고 물건을 깨부수는 건 늘 내 쪽이었다. 하지만 맷돌이는 모든 면에서 나보다 더한 녀석이었다.

우스운 얘기지만, 맷돌이를 키우고 나서야 ADHD 주변인들의 고충을 직시할 수 있었다. 사고를 만드는 입장과 수습하는 입장. 내가 사고뭉치일 땐 수습하는 쪽이 나을 줄 알았다. 그런데 막상 맷돌이를 쫓아다니다 보니 이건 이것대로 힘이 들었다.

맷돌이는 잘 걷지도 못하는 주제에 똥오줌을 기가 막히게 가려 천재처럼 보였다. 얼굴이 너무 예뻐서 천사처럼 보일 때도 많았다. 그러나 같이 산다는 건 매일매일 환상을 깨부수겠단 결심이어서, 나는 곧 맷돌이의 잔악한 두 얼굴을 마주하게 되었다.

맷돌이는 정말 잠시도 쉬지 않았다. 많이 자기도 했지만, 깨어 있는 시간엔 반드시 움직였다. 제자리에서 가만히 사부작거리는 게 아니었다. 조랑말의 영혼이 고양이 몸에 갇혔나 싶을 정도로 뛰어다니고, 그러다 부딪혀 자빠지고 나뒹굴기 일쑤였다. 극도의 걱정은 때로 극도의 짜증으로 터져 나왔다. 나는 맷돌이 터무니없이 높은 곳에 매달려 낑낑대고 있는 걸 볼 때마다 수명이 바짝 줄어드는 기분이었다.

하지만 그건 내가 유년 시절에 지치지도 않고 벌인 짓이기도 했다. 나 역시 정글짐에서 떨어지고, 철봉에서 떨어지고, 미끄럼틀에서 그네에서 자꾸만 떨어졌다. 재수가 없을 땐 꿰매야 하는 상처를 얻었지만 조심은 없었다. 그 옛날 엄마의 신경도 촉촉할 날 없이 말라 갔을 거란 생각에 반성을 많이 했다.

마침내 맷돌이가 시폰 커튼을 타고 천장까지 오르기 시작했다. 결국 아름다운 천 쪼가리를 아예 떼 버려야 했다. 우리 집 창은 무방비하게 벌거벗었다. 나는 365일 창문을 가려 놓지 않으면 불안해하는 타입이지만 고양이와 타협할 수단이 없었다.

어떤 날은 미친 척 대화를 시도해 보기도 했다.

"맷돌, 넌 생각이 없는 거야 양심이 없는 거야? 네가 고양이라는 사실이 우리 관계에 대단히 유리할 거라는 건 착각이야. 혹시 얼굴 믿고 그러는 거야? 내가 루키즘에 찌든 인간이라 그걸 이용하는 거냐구?"

그러나 고양이는 정말 일말의 관심도 없었다. 냐옹 소리 한 번을 내지 않고 커튼 대신 타고 오를 것을 찾아다녔다. 나는 맷돌이 날 뭘로 보는지 아직도 모른다. 장담컨대 저보다 높게 생각하진 않을 거다.

그런데 맷돌이한테 분개하면서 깨달은 게 또 있었다. 고양이의 태도는 내가 타인의 잔소리를 생략해 버리는 현상과 일맥상통했다. 듣기 싫은 소리를 '안 들은 것처럼' 무시해 버리는 습관은 어릴 때나 성인이 된 후에나 그대로였다. 그즈음 맷돌이의 뒷담화를 하는 내게, 회사 동료가 흘려들을 수 없는 성찰을 주었다.

"반려동물은 주인을 닮는대."

반려동물은 주인을 닮는대…… 닮는대…… 닮는대……. 그 말은 맷돌이가 사고를 칠 때마다 내 분노에 찬물을 끼얹었다.

언젠가 마음에 안 드는 사료를 주자 맷돌이가 그것을 모조리 엎어 버린 일이 있었다. 나는 묵묵히 낱알의 사료 300알 정도를 주웠다. 그러면서 어릴 적의 나를 떠올렸다. 밥상머리에서 햄이 없다는 이유로 깽판을 치던 나, 밥상을 엎지는 않았지만 박차고 나오긴 했었다. 맷돌은 아기라서 밥을 흘리고 먹는다. 나도 어릴 때부터 음식을 흘렸고, 지금도 신나게 흘리는 중이다. 맷돌이 역시 어른 고양이가 되어서도 밥을 흘릴까?

친애하는 벗이 나처럼 클 거란 생각은 불안했다. 나는 맷돌이가 스마트한 고양이가 되었으면 했고, 스마트란 언제나 내 모습과 먼 것이었다. 이상한 경로로 맷돌이를 이해하게 되자 불같이 화낼 일은 줄어들었다. 그래도 남아 있긴 했다.

예를 들어, 맷돌이는 호기심이 무척 많았다. 맷돌이가 인형이라면 그를 움직이는 동력은 건전지가 아니라 호기심일 거였다. 넘치는 호기심은 움직이는 물체에 대한 공격성으로 치환되었다. 불행하게도 내 단칸방에서 움직이는 존재란 맷돌과 나 둘뿐이었다. 고양이가 저 자신을 물 리 없으니 그 이빨에 갈릴 대상은 나였다.

맷돌이는 날 사정없이 물어 댔다. 딛는 걸음마다, 내미는 손짓마다 맷돌이의 이빨질이 따라왔다. ADHD 특성상 여기저기 툭툭 다칠 일이 많은 나였다. 그런데도 동물 이빨에 살이 찢기는 고통은 난생처음 느끼는 공포였다.

상처와 피딱지가 늘어 갈수록 내 팔다리는 베테랑 산악인처럼 변해 갔다. 맷돌이의 습성을 바꾸는 데 실패한 나는 차라리 무결점 피부에 대한 집착을 버렸다. 마인드컨트롤이 필요했다.

"우리 고양이는 광견병이 아니다. 광견병처럼 보일 뿐. 나도 바보처럼 보이지 않는가? 집중력이 없고 충동적이고 부주의할 뿐 바보는 아닌데 말이야."

"맷돌은 고등어 태비라서 나한테도 멋진 줄무늬 몇 개를 선물하려나 봐."

"말을 못 하니 입질로 사랑을 표현하는 건 아닐까? 눈이 확 돌아서 게거품 물고 뜯는 모습이긴 하지만, 원래 너무 사랑하는 사이엔 게거품 물 일만 생기곤 하니까."

하지만 이 와중에도, 상대가 싫어하는 짓을 눈치껏 멈추지 못한다는 점에서 우리는 비슷했다. 나는 자기기만 같은 합리화를 퍼부었지만 물리적 고통은 마인드 컨트롤 따위로 사라지는 게 아니었다. 맷돌이 정말 나와 같다면, 내 대처는 어떠해야 할까? 현상보단 본질을 보려 애썼다.

내가 뻘짓을 할 때는 그걸 강제로 정지시켜 봐야 아무 소용이 없었다. 나는 하기 싫은 걸 지독히 못하는 대신 하고 싶은 건 어떻게든 해내는 ADHD 용사였다. 돌이켜 보면 맷돌이도 못 물게 할수록 더 극성맞게 달려들곤 했다. 나를 물지 못하게 하는 것보단 물지 말아야 할 전혀 새로운 이유를 주는 게 나았다.

나는 맷돌이 치발기마냥 물어뜯는 신체 부분들을 꼽아 보았다. 그리고 거기에 침을 바르기 시작했다. 우리 고양이는 입냄새가 심한 주제에 내 침 냄새를 싫어했다. 언젠가 입

술에 침이 낙낙한 채로 뽀뽀를 시도했다 경악하여 도망치는 표정을 보고 알아낸 사실이었다. 결과는 성공적이었다. 다소 비위생적이고 역겹긴 했지만 어쨌든 침으로 보호한 부위는 물리지 않게 되었다.

이제 난 맷돌이가 올라가선 안 되는 공간을 아예 없애 버린다. 소중한 물건은 소중한 곳에 옮겨 둔다. 맷돌이가 나와 같다면, 유혹을 그냥 둔 채 스스로 생각을 고쳐먹길 바라는 건 소용이 없기 때문이다.

한때는 우리 사이 양보의 역할이 내게만 기우는 게 억울했다. 맷돌이는 많이 컸지만 아직도 5개월짜리 아가다. 우리에겐 15년 이상의 전쟁 같고 선물 같은 세월이 남았을 것이다. 헛소리인 줄 알면서도, 힘들 땐 맷돌이가 스스로 좀 알아서 하길 바라게 된다. 심지어 언젠가는 "맷돌! 돼지 고양이 새끼야, 너도 한 번은 양보해!" 하면서 운 적도 있다.

그렇지만 따져 보면, 나는 맷돌이를 선택했지만 맷돌이는 나를 선택하지 않았고, 우리의 만남은 오로지 나의 욕심으로 이뤄졌으므로 더욱 참아 보기로 한다. 나 역시 수많은 사람들의 배려로 몹시 불행하지는 않은 ADHD로 살아가고 있으니까, 그렇게 받은 사랑을 돼지 고양이에게 좀 나눠 주려 한다.

나는 아직도 사람이 어렵고 사람과의 관계는 더 어렵다. 서툴고 자신 없는데 밖에서 보기엔 태연해 보인다고 한다.

심지어 나를 '인싸'로 아는 사람도 있다. 맷돌이가 정말 나와 같다면, 아무 생각 없어 보이는 뻔뻔한 얼굴 이면에 미숙하지만 뜻 깊은 노력이 숨어 있을 거다. 내게 미안하지만 전할 길이 없을 거다. 사실 지금은 맷돌이를 너무 사랑해서 아니어도 상관없다. 맷돌이 나를 닮은 것이 뿌듯하도록 좋은 사람이 되고 싶어졌고 그걸로 만족한다.

와르르 맨션의 주민들

나는 친구들과 함께 산다. 한 집은 아니고 한 건물 속 세 개의 매물을 각자 계약했다. 우리가 산다는 이유로 와르르 맨션이 되었지만 이곳은 번듯한 신축 주상복합 오피스텔이다. 우리는 우리가 어리다는 사실에 안심하려고 이곳을 '실버타운'이라 부른다. 딱히 부자가 아닌 우리에겐 시간이라도 많다는 위안, 똘똘 뭉쳐 순진하게 놀아도 괜찮으리란 믿음이 필요하다.

첫 번째 이웃 주민 방유정과는 중학교 1학년 때부터 친했다. 우리가 지금 서른 살이니 인생의 절반을 함께한 셈이다. 함께 철이 들었느냐 하면 그건 아니다. 열 살 전후에 친해진 친구와는 어쩐지 철든 짓을 하기 어려운 법이다. 노인이 되더라도 서로에게 교양 있고 우아하단 느낌은 줄 수 없을 것이다. 우리는 서로의 스승이 되는 친구가 아니고, 어렸던 순간에 책갈피가 되어 주는 사이였다. 직딩이 된 그 애와 나 사이를 지탱하는 것은 중딩 시절의 보잘것없고 하찮은 모습들이다.

실제로 유정이는 권태기가 온 남편처럼 자꾸 짜증을 부렸다. 나에게는 친한 사람을 뒤집어지게 놀리는 습관이 있으니, 내가 원인 제공자라는 것도 인정은 한다. 하지만 그 애가 일일이 성질을 부릴 때마다 의아함을 감추기 힘들었다.

사람이 어찌 저리 팔팔할까? 결코 변하지 않는 나에게 왜 매번 화를 낼까. 나의 베스트 프렌드는 나의 연속성을 15년째 인정하지 못하는 바보 같았다. 마침내 난 그 바보와 함께 초록불을 기다리던 횡단보도에서 이런 협박을 들었다.

"정지음…… 나는…… 참고…… 있거든? 내가…… 폭발하기 전에…… 제발 그만해."

이유는 기억나지 않지만 내가 또 지독하게 유치한 놀림을 퍼부어서 벌어진 사태였다. 행인 없는 밤길인 데다 단어 사이사이 짓씹는 듯한 공백이 길어 나는 금세 겁을 먹고 말았다. 무서움의 끝에서는 천재가 되고 싶어졌다. 좀 더 티 안 나게, 마치 칭찬인 것처럼 그 애를 놀리자는 다짐이었다. 하지만 속으로는 유정이를 열 받게 하는 사람이 나뿐이길 바랐다. 세상엔 사납고도 여린 사람이 있고, 그런 사람은 공연히 상처를 잘 받는데, 내가 볼 땐 그게 유정이였다. 화나면 멱살잡이 시늉을 하지만 사실 누구도 움켜쥐지 못하는 인간에겐 슬픈 일이 일어나서는 안 되었다.

두 번째 이웃 주민 정지원과는 열아홉 살에 친해졌다. 우리는 3학년 4반 24번과 25번으로 만나 새 학기 짝이 되었고, 그때부터 자동문처럼 붙어 다녔다. 좀 늦게 만났지만 나와 지원이 사이는 유정이와 별 차이 없었다. 둘 다 나를 너무 좋아한다는 점에서 세월이 무색했다. 얼마 없는 팬클럽 회원이니 1기나 3기나 똑같이 소중했다.

지원이와 나는 절대 안 맞아서 어떻게 서로를 견디는지 신도 모를 정도였다. 나는 나풀대고 지원이는 진지했다. 나는 커다랗고 지원이는 작아서 나란히 서면 빌딩과 별장 같았다. 지원이는 숨긴 슬픔이 많고 내겐 드러나는 문제가 많다는 점도 달랐다. 말수가 없는 지원이는 나에게 자주 '다물라'는 통박을 주었다. 하지만 그 말조차 내겐 한입거리 호들갑이었다.

"뭐라구우? 입 다물라는 너의 발언은 정말 부당해. 사람 입은 쉴 새 없이 떼었다 붙이기 위해 갈라져 있는데 어떻게 정치인의 캐비닛처럼 항시 닫아 둘 수 있겠냐구?"

"제발…… 닥쳐."

그래도 지원이의 귀여운 점은 내가 정말 닥칠 때마다 "갑자기 왜 말이 없지?" 하며 불시 점검을 한다는 것이다. 4월생인 자기가 5월, 7월생인 우리들 중 큰언니라고 폼을 잴 때도 웃겼다. 자칭 큰언니는 막내처럼 외로움도 잘 타고 걱정도 눈물도 많았다. 유정이가 커다란 목청으로 와앙 하고 운다면, 지원이는 숨어서 몰래 우는 타입이었다. 그리고 사실 자기는 울었노라 시간이 지난 후 말해 주었다.

가지각색으로 엉망인 우리들을 묶는 키워드는 스프링 쿨러처럼 불시에 터지는 눈물일지 몰랐다. 나는 대개 어이없고 화나서 울고, 유정이는 억울해서 울고, 지원이는 힘이 부칠 때마다 울었다. 함께 울 때는 없으니 한 사람이 울면 나머지가 변호사와 개그맨의 역할을 나눠 맡았다.

나는 부지런히 슬픈 두 친구를 보며 '어떡해야 하나?' 생각했다. 내가 어째야 나의 친구들이 '와앙'과 '훌쩍'의 빈도를 줄여 행복할 수 있는 것인지. 친구들이 좋아하는 사람을 함께 좋아하고 미워하는 사람을 함께 미워하는 걸로는 부족할 때가 있었다. 그럴 때 나는 친구들을 우리 고양이와 포옹시켜 주고 싶었다. 내 고양이 맷돌이는 슬픈 일로 우는 사람을 두고 보지 못한다. 우는 이를 할퀴고 깨물어 자기 때문에 울도록 사유를 바꿔 준다. 돈세탁은 나쁜 것이지만 눈물 세탁은 법에 저촉되지 않으니, 원한다면 우리 고양이의 분노를 얼마든지 내어줄 수 있었다.

맷돌이 힘까지 보탠 덕인지 눈물의 총량은 빠르게 줄어들었다. 우리는 이제 슬픔 대신 각자의 음식과 물건과 손님을 공유하며 살고 있다. 재미난 생활이지만, 재미 때문에 만족하는 것은 아니었다. 나는 친구들에게서 얻는 것보다 친구들이니 빼 버려도 되는 것들이 좋았다. 와르르 맨션 주민들 앞에서는 ADHD가 아니고 싶다는 강박을 멈출 수 있었다. 집중력을 꾸며 내고 나의 기능을 증명하는 대신, 어리광을 부리며 솔직해질 수 있었다. 마음 놓고 망가질 공간이 있기에 밖에 나가 사회인 행세를 하는 일도 덜 버거운 것 같았다. 몇 년 전 한 사람은 캐나다, 한 사람은 파주, 한 사람은 남양주에 살 때도 나는 매일 우리의 단톡방으로 귀가했다. 물리적 거주지가 합쳐진 지금은 정말로 매일 '우리에게' 돌아오는 셈이다.

아주 가까이 산다고 서로를 전부 알 것이란 생각은 하지 않는다. 친구들이 숨기려는 부분까지 감자 캐듯 긁어내고 싶지도 않다. 다만 너무 슬픈 일 없이, 졸도하게 기쁠 일 없이 가까이 살 수 있다면 나이 드는 일도 많이 서운하진 않겠다 생각한다.

DEAR ADHD

저의 친구들, 안녕하세요?

쌍방향 친구 요청이 오간 것도 아닌데 친밀하게 굴어서 죄송해요. 하지만 반가운 마음을 눌러 참을 수 없어요. 여태 어떻게 지내셨어요? 오늘 하루는 어떻게 보내셨구요? 저와 비슷하면서도 각각의 고유함으로 빛날 삶의 일면들이 무척 궁금해요.

이럴 때면 ADHD가 질환명이라기보다 우리를 우리이도록 하는 암호 같아요. 열일곱 번째 MBTI 같기도 하고요. 사람들은 ADHD 아닌 이를 반기겠지만, 저는 우리들이 더 좋거든요. 서글프고 독특한 삶이잖아요. 어떤 사람이 매일매일 실수한다는 건 매일매일 세상을 배워 간다는 말과도 같죠. 스스로의 사건들로 꿋꿋이 새로워진다는 뜻이기도 하고요. 바보라고 오해받는 우리는 어쩌면 흰 가운을 압수당한 학자들일지 몰라요. 스스로의 삶을 연구하느라 하루를

다 보내서 남들보다 좀 더 희미해졌는지도요.

　그런데 솔직히 가운만 뺏긴 것은 아니고…… 주의력이라는 외투와, 집중력이라는 티셔츠와, 충동 제어라는 바지도 없지요. 인내심이라는 신발도, 기억력이라는 가방도요. 저는 헐벗은 자아 인식 끝에 「벌거벗은 임금님」 얘기에도 웃을 수 없는 어른이 되었어요. 그 이야기는 주인공에게 너무 많은 손가락질과 조롱이 쏠린다는 점에서 마치 우리 같고 조금 슬퍼요. 덜 슬퍼 보려고 저 자신을 '퍼니퍼니 네이키드'라고 부르는데 어떤가요? 구린가요? 그래도 옷을 입은 척하는 것보다는 스스로에게 새 이름을 부여하는 시도가 나아서, 저는 짬짬이 저를 관찰하고 재미있는 뭔가로 정의하려 애쓴답니다. 재미없을 때마다 난 아직 재미를 찾는 중이라 생각하면, 모든 것이 그다지 나쁘지 않은 것 같아요.

　유머에 편승한 결과로, 제가 못난 게 아니라 그저 남들보다 꾸밈없는 거라는 이해도 갖게 됐어요. ADHD 비극의 본질은 과한 착장을 요구하는 사회와 맨몸으로 맞닥뜨린 것일 뿐이라고, 나는 미친 게 아니라 지친 거라고 생각하게 되었어요. 어쩌면 우리에게 부족한 건 지능이나 기능보다 위로일지 모르겠어요. 세련된 위로는 내가 계속 나여도 된다는 확신을 주잖아요. 세상을 노려보느라 건조해진 눈알에 물기를 핑 돌게 하고요.

제가 얼마 전 받은 메시지를 여러분과 나누고 싶어요. 갈팡질팡하는 제게 한 친구가 "네 삶의 어떤 순간들은 누구나 살아 보고 싶을 만큼 찬란했을 것"이라는 말을 해 줬거든요. 처음엔 내 삶이 '찬란하다'라는 형용사와 연결될 수나 있는 건가 의문이었고, 조금 망연했고, 마지막엔 울 것 같은 기분이 되었어요. 이런 느낌이 감동이라는 거겠죠? 저의 모자란 문장들도 여러분께 같은 마음을 드릴 수 있다면 참 좋겠어요. 위로가 필요한 사람에서 위로하는 사람으로 나아갈 수 있다면 저는 유명세와 상관없이 성공한 작가일 거예요.

스스로를 긍정하기 전까지는, 내가 불량 햇님으로 태어난 걸까 고뇌했던 것 같아요. 유달리 뜨겁고 통통한 머릿속이 증거인 것 같았고, 그래서 가까이 오던 사람들이 확 데여서 떠나는 것 같았고, 그러다 보면 홀로 외로워 먼 우주의 달님이 된 것 같기도 했지요. 그저 ADHD였음이 드러난 지금은 해가 뜨고 해가 지듯 꿋꿋하려 노력하고 있어요. 해는 기상청이 뭐라든 제시간에 뜨고 지잖아요. 해처럼 살면 저에게도 진실한 사계절이 오리라 믿어요. 저 같은 사람에게도 온전한 열두 시간의 낮이 허락될 거라 믿고요. 새카만 밤에도 '난 지금 아침을 기다리고 있어' 절망을 압도할 힘을 얻어요. 실패는 부끄럽지만 실패한 용기만은 그렇지 않으니 틀릴수록 명징해지고 옳을 때는 명확해진다고 생각하면서요.

저의 친구 여러분. 외람될 수도 있지만…… ADHD로 살다 보면 죽고 싶은 순간이 정말 자주 오는 것 같아요. 진짜 죽고 싶기도 하고, 죽은 듯이 숨고 싶기도 해요. 망신과 수치와 후회가 우리를 심각하게 침해하는 사건이 많아서요. 그래도 우리 퍼니퍼니 네이키드로 함께 살아가요. 저도 무사히 『늙은 ADHD의 기쁨』을 쓸 수 있는 나이로 전진할게요.

언젠가 만나 뵌다면 '누구나 살아 보고 싶을 만큼 찬란'했을 여러분의 순간들도 꼭 듣고 싶어요. 언제든 정중한 청중이 될 수 있도록 매일매일 귀를 싹싹 닦아 놓고 기다릴게요.

항상 응원해요.
늘 건강하고 행복하세요.

— 정지음과 정지음의 진심이 공동 발신한 편지

5장: 나와 글쓰기와 타인

ADHD가 글을 쓰기까지

성인 ADHD 진단을 받던 날, 나는 의사 외에 상담사도 만났다. 어떤 사람이었는지 기억은 안 나지만 내게 글을 참 잘 쓴다고 해 주었다. 그가 말한 글은 병원에 제출한 A4용지 세 장 분량의 증상 기록이었다.

2016년 2월, 나 자신의 피해자이자 피의자로서 작성한 증언들은 이렇다.

나는 과거를 반성하지 않는다. 뻔뻔하거나 낙천적이어서가 아니라 이틀 전 일도 잘 생각이 안 난다. 내 기억은 수조 안에 가라앉은 동전 같다. 나는 가끔 수조 밖에서 동전을 보기도 하지만 거기까지 손이 안 닿는다. 그러다 보면 수조 자체가 머릿속에서 사라진다.

의미 있는 일을 해야 한다고 생각하지만 그게 뭔지 모르겠다. 나는 도미노처럼 살고 싶다. 그런데 흩어 놓은 퍼즐처럼 산다. 나도 나를 못 맞춘다.

나의 특수성이 사람들의 자유를 해치지 않도록 노력하고 있다. 그런데도 왜 이런 일이 벌어지고야 마는지 이해가 안 된다. 나는 도덕성도 배웠다. 내 삶이 통제가 안 되는 건 거기에 이미 모든 통제를 털어 넣었기 때문인지도 모른다. 친구들과 가족들에겐 특별히 잘하려고 한다. 때론 그게 너무 소모적이라 다 지겹다.

나는 생각이 무척 많다. 매일 매 순간 항상 늘 무슨 생각을 한다. 주로 순간적인 단상들이다. 눈에 비치는 것들에 대해 생각하느라 오히려 앞이 흐려진다. 그래서 치일 뻔하고 부딪치고 어딘가에 박는다.

내가 우울증이라고 느낀 적은 없다. 우울증이라기엔 나쁜 기분의 지속이 짧다. 그 후엔 멍해지는데 멍한 와중에도 끊임없이 뭔가를 생각한다는 게 미칠 노릇이다. 차라리 깨끗하게 텅 비었으면 좋겠다.

늘 이해가 안 되는 건 호불호의 번복이 빈번하다는 것이다. 어제는 동생이 방에만 들어와도 싫었는데, 오늘은 방을 통째로 줘 버려도 상관없을 것 같다는 생각이 든다.

징징대다 갑자기 '머리가 아파서 못 쓰겠다'라며 절단나 버린 글이었다. 다시 보면 탁월한 설명이라기보단 자기 연민을 덕지덕지 나열해 놓은 것에 불과하다. 자기 연민은 때로 방사능보다 해롭기에 그닥 잘 썼다고도 할 수 없다.

하지만 상담사는 진지한 감상을 들려주었다.

"반드시, 반드시 긴 글을 써 보세요."

재능도 있고 장기 프로젝트가 치료에도 도움이 되리란 게 그의 생각이었다. 당시 머릿속이 등신 바이러스의 숙주라는 판정을 받은 내게는 그 말이 꼭 백신처럼 들렸다. 갑자기 엄청나게 작가가 되고 싶어졌다. 그의 응원을 끝내주는 장편으로 증명하고 싶었다.

그러나 아무것도 쓸 수 없었다.

내 병증은 문학적 소양과 관계된 것이 아니지만, 머릿속 산발적인 언어들을 정제하려면 집중력과의 공조가 절실했다. 하지만 전두엽은 협조하지 않았다. 오히려 뭔가를 쓰려 할 때마다 개떼 같은 딴생각만 흘려보낼 뿐이었다.

나는 백지 앞에서 백치가 되어 갔다. 빈칸투성이인 재능은 재앙이라는 것만 뼈아프게 배웠다. 전두엽도 맛이 간 와중에 비현실적인 현실을 받아들이자니 힘들었다.

나는 장편을 포기하고, 장편을 원하는 마음조차 포기해 버렸다. 원하지 않으면 가지려고 치열할 필요도 없다. 오히려 '무심한 듯 시크한' 태도를 마음껏 가장할 수 있었다. 비겁하다 못해 음침할 정도의 방어기제였지만 그때 나는 실제로 비겁하고 음침해서 그게 왜 나쁜지 몰랐다.

"글 같은 건 관심 없어." 이 말은 "글 쓰고 싶어. 그런데 하나도 못 하겠어."보다 5000배는 쿨해 보였다.

심지어 뒤에 한 말의 경우 내뱉는 순간 상대로부터 "왜?"라는 질문이 수반되므로 더더욱 비참한 느낌이 있다. 뭐라고 설명한단 말인가? "난 의미 없는 깜지를 쓰기도 힘든 돌대가리라 아예 새로운 글은 창조할 수가 없어."라고 할 것인가? 그럴 수는 없었다.

어쨌든 장편을 쓰라는 말을 들은 후 완성한 건, 나를 죽도록 괴롭히던 전 회사 사장의 이야기뿐이다. 놈이 비곗덩이 신체 때문에 안마 의자에 껴서 죽는다는 졸렬한 내용의 콩트였다. 그 글은 완전히 쓰레기라는 면에서 회의적이지만 유일하게 분량이 A4 용지 열다섯 장을 넘겼다는 면에선 희망적이었다.

나는 늘 궁금했다.

타자 살해 열망이 고작 A4 용지 열다섯 장의 동기부여를 준다면, 200장을 쓸 수 있는 동력은 어디서 얻어야만 할까? 왜 나는 오로지 집중력이 없다는 사실에만 집중할 수 있는 것일까? 내가 병아리라면 껍질을 깨고, 건물 안에 갇혔다면 창문을 깨겠지만 머릿속 개떼 문제로 머리를 깰 수는 없는 노릇이었다.

세상에 책들이 이토록 많은 것을 보면 누군가는 이미 집중력의 자급자족에 성공하고 있는 모양이었다. 아니, 그들은 집중력 행성의 일등 시민으로 선별된 듯했다. 그것은 멋지고 대단한 일이지만, 나와는 거리가 멀다는 점에서는 슬펐다.

나는 출판이란 업적을 이룬 사람들에게 항상 경외감을 느꼈다. 물론 모든 책이 훌륭하지는 않다. 작가와 출판사가 대머리가 되어 가는 아마존 밀림에 사과해야 하는 책들도 많을 거다. 존경스러운 건? 어쨌든 원고 집필부터 출판에 이르는 모든 과정에서 집중하고 인내했다는 사실이다. 그 사람들은 집중하고 인내함으로써 자기 글을 시장에 내놓고 평가받을 기회라도 얻었지만 나는 실패에도 실패한 사람이었다.

ADHD 진단을 받은 후에는 작가가 되자는 꿈 따위 완전히 접어 버렸다. 머릿속 용량이 부족하니 꿈꿀 시공간도 부족했다. 꿈이란 추상적인 것이지만, 규모를 키워 주려면 현실 속 공간감이 필요한 법이다. 당시 내 현실은 절망에 휩쓸려 가 남은 것이 없었고, 눈에 보이는 게 없으니 시야는 매일 좁아졌다. 쓰는 글이라곤 업무 메시지나 카카오톡 채팅뿐이던 시절도 길었다.

그런데 지금은 책 한 권 분량의 글도 쓰고 있으니 비약적 발전이라고 본다. 변한 것은 없다. 여전히 글을 못 쓰고 머릿속 개떼들은 잡생각을 낳는다. 뭘 쓰든 퀄리티에 비해 많은 시간이 걸리는 건 말할 것도 없다. 다만 이제는 아주 작은 변화도 아주 큰 발전으로 여길 수 있게 되었다. 반대로 큰 실패에선 작은 비통함밖에 못 느낀다. 실력을 올리는 대신 나 자신의 기준치를 재설정했고 많은 것이 바뀌었다.

처음부터 완벽하게 가려는 욕심들은 결국 나를 무수한 완벽에서 추방시켰다. 허접스러움을 묵인할 때 실행력이 생기고, 스타트가 있어야 진행도 된다는 걸 배우고 있다.

만약 이 글을 보는 누군가가 ADHD이거나 다른 문제가 있어서 헤매는 중이라면, 본인의 능력이나 작업 과정보다 목표치를 바꿔 보는 건 어떨까 싶다. 그냥 완벽해지는 것보단 모자라다는 면에서 완벽해지는 게 훨씬 쉽다. 모자람은 꽤 괜찮은 친구다. 나를 거장으로 만들어 주진 못해도 거장이 될지 안 될지 모르는 아마추어로는 만들어 주니 말이다.

독서의 목적

　수많은 ADHD 환자들이 독서에 어려움을 겪는다. 공통적으로 호소하는 증상은 이미 읽은 부분을 다시 읽어도 낯설다는 것이다. 그것은 내게도 익숙한 감각이다. 놓친 문장이 하나도 없음에도, 앞 문단으로 돌아가는 순간 다시 새로워진다. 마치 읽은 적이 없는 것처럼……

　독서는 ADHD 환자가 기능적 불편을 직면하고 큰 충격을 받는 계기이므로, 순식간에 읽는 행위로부터의 이탈을 부른다. 음치가 노래를 꺼리듯 책을 꺼리게 되고, 책 아닌 곳에서 장문의 글을 만나도 도망치게 된다.

　나도 책을 효과적으로 읽지 못한다. 성격이 급해 속독하지만 남들처럼 정독하지는 못한다. 사실 내겐 독서 중독보다 활자중독이 있었다. 읽을거리이기만 하면 백과사전이든 'ㅋㅋㅋ'로 점철된 인터넷상의 유머든 비슷한 느낌이었다. 사람들은 내가 책을 많이 읽는다고 생각하지만, 그것은 문예창작과 출신에 잡지식이 많기에 형성된 오해였다. 나는 그

오해가 내게 유리하단 이유로 바로잡지 않았다. 그래서 누군가 "지음 씨는 책을 많이 읽잖아." 할 때마다 호항항 웃게 되었다.

난 책들을 읽지 않고 그저 '본다.' 눈으로만 훑는 것도 일종의 독서라고 생각하기 때문이다. 예전에 흥미로운 말을 들은 후로 '보는' 독서의 효용을 믿게 되었다. 사실 우리 뇌는 한 번 본 것을 모두 기억한다고 한다. 까먹었다 생각하는 것도 일단 저장이 된다는 것이다. 하지만 장기기억과 단기기억의 개념이 있어서, 쓸모없다고 판단된 것들은 장기기억으로 가라앉게 된다. 애인이나 부모님의 번호가 외워지는 것은 단기기억으로 보관될 가치가 있기 때문이다. 중요하지만 잊게 되는 것들은 뇌 속 판사가 생각할 때 지루하거나 가치가 없었음이다. 장기기억들은 갑자기 떠올라 생각지도 못하게 뇌리를 치고 가는 메모리의 총체였다.

그때부터 내가 잃었다고 생각하는 단어와 문장 들이 어쨌든 머릿속에 존재하긴 한다고 믿게 되었다. 나는 머릿속 D드라이브에 안개 낀 사전을 구축하는 셈이다. 언젠가 번뜩 생각나리란 믿음으로 언어 체계를 꾸려 나가는 건, 내가 독서 불능자라 생각하며 꾸역꾸역 읽어 대는 것보다 훨씬 희망적인 일이었다.

읽으면서도 책의 전체 골자를 전혀 이해하지 못한다는

것, 두세 번 읽어도 읽은 바를 기억하지 못한다는 것은 비참한 일이다. 하지만 네다섯 번 읽을 가치가 있는 책들을 몇 권 정해 놓으면 되었다. 내 취향은 표현이 풍부하고 수사가 많은 글이다. 하하하 웃음이 날 정도로 재밌거나 봐도 봐도 찡하다면 더욱 좋다. 그런 글을 몇 개 골라 놓고 심심할 때마다 쳐다보면, 그러지 않을 때보다는 훌륭해진다. 보통은 다양하고 깊이 있는 독서를 좋은 것으로 치지만 내게 좋은 것은, 늘 내가 느낄 수 있는 방식으로 좋은 책들뿐이었다.

문예창작과 학생 시절엔 그 유명한 『토지』도 『화폐전쟁』도 『삼국지』도 못 읽어서 자존심이 상했다. 동기들이 신나게 해 버리고 마는 일을 나는 못 했다. 순수문학과 고전문학은 대개 지루했고, 너무 길었다. 문학이 탐구하고자 하는 인간 본성과 삶의 역설에 나는 별 관심이 없었다. 이미 내 본성이 허름하고 내 질환이 역설인 탓이었다. 작가를 꿈꾸지 않은 이유는 몹시 많지만 책이 지루하기 때문이기도 했다.

지루한 걸 왜 만들겠는가. 대가들의 결과물이 지루한데 대가도 아닌 내가 어찌 지루하지 않은 책을 쓰겠는가? 생각을 거듭하다 보면 책을 소비하는 일과 생산하는 일에서 두루 멀어졌다.

재미있는 건 책을 떠난 이유와 돌아온 이유가 전부 ADHD 때문이라는 거다. 집중력이 부족하고 과잉 행동을 하는 내겐 일반인보다 더 많은 순간 독서의 필요성이 들이닥

쳤다.

첫째로는 말이 너무 많아서다. 수많은 말에 '나'가 너무 많으면 밥맛이고, 남이 너무 많으면 밥통 같기 마련이다. 나는 내 발언 속에서 '나'의 하소연이나 '남'에 대한 평가 비율을 낮추기 위해 책장을 뒤적거렸다.

"나 어제 남자 친구랑 또 싸웠거든?"

"야, 저 사람 좀 이상하지 않냐?"

"걔 카톡 프사 봤어?"

이런 말보다는 다음 말들이 훨씬 덜 피로하다고 느껴졌다.

"어제 책에서 어떤 구절을 봤는데 연애에 대해 기가 막히게 써 놨더라."

"심리학자가 책에 써 놓길, 저런 사람들은 이런 심리래."

"요즘엔 카톡 유형도 책에 나오더라?"

내가 하도 떠벌거려 귀를 막고 싶다는 사람들을 보며, 말 많은 사람의 책임은 말의 재료를 다양화하는 것이란 사실을 배웠다. 청중을 배려해야만 청중 옆에 내 자리가 마련되는 원리였다. 나는 말을 줄일 수 없어 대화 속에 최대한의 흥미와 통찰을 담는 방법을 택했다. 작가들이 똥을 밟은 에피소드를 출간해도, 그걸로 대화하는 게 내 사생활을 드러내는 것보단 나았다.

두 번째는 혼자 있을 시간을 마련하기 위해서다.

나는 혼자 있는 걸 좋아하면서도 무서워하는 편이다. 혼자 있는 시간은 필연적으로 외로움을 불러왔다. 사람들이 찾지 않는 순간의 나는 어쩐지 가치 없고 고독에 감금당한 존재 같았다. 하지만 고독은 억지로라도 선택해서 취해야만 하는 것이었다. 사람을 좋아할수록 간격 조절 능력이 필요하다. 혼자 있어 봐야 나를 혼자 두지 않는 사람들의 고마움을 알 수 있었다. 주변인들이 나를 대하는 태도와 그들을 대하는 나의 태도를 동시에 헤아리려면 홀로 있을 시공간이 필수였다.

남자 친구와 있을 땐 남자 친구가 좋아서, 친구와 있을 땐 친구가 좋아서, 가족들과 있을 땐 가족들이 너무 좋아서 객관적 판단이 불가능했다. 오로지 좋고만 싶기에 갈등의 씨앗이나 감정의 골이 무시되었다. 당시에 알아채고 해결했으면 우리 모두 행복할 일을, 정신없이 미룸으로써 길게 망치는 것 같았다.

이럴 때 ADHD의 능력은 빛을 발한다. 나와 같은 질환자들은 원하는 책을 볼 때조차 딴생각에 휩싸인다. 어느 날은 문득, 독서 중 치고 들어오는 딴생각들이 실은 나의 숨긴 진심 아닐까 하는 의문이 들었다. 그렇다면 읽히지도 않는 페이지에 절절매기보단 나를 좀 봐 주는 게 나았다. 다른 사람들은 독서하려고 책을 읽겠지만, 나는 내가 지금 뭘 원하는지 알려고 책을 펼친 적도 많다. 나에게 독서는 은밀하고 피상적인 내면을 비추는 거울이기도 했다. 책을 펼치자마자 과거의 흑역사가 떠오를 때도, 헤어진 연인이 불쑥 생각날 때도 있었다. 그럴 땐 내 진심이 역사 속 어느 지점에 있음을 인정하고, 하고 싶은 생각들을 마음껏 했다. 눈으로 책을 훑으며 이런저런 고민들을 하는 게 각 잡고 술 마신 후 우는 것보다 5000배 정도 나았다.

세 번째는 일명 '탈룰라'를 잘하기 위해서다.

ADHD인 나는 말이 많고, 단어 선택에 경솔할 때가 많다. 충동성과 각성 부족이 알게 모르게 말실수로 이어지는 것이다. 말로 된 실수를 했을 때, 풍부한 어휘는 싸한 국면을 반전시키는 수단이 된다. 어휘가 많으면 유머가 많아지고, 유머가 성공할 확률도 높아지기 때문이다. 유머는 자신의 실패한 진술을 뒤집는 데도 유용했다. 나는 얼굴을 붉히지 않고 "제가 틀렸어요.", "제가 잘못 알았어요."라고 고백할 줄 알았다. 그런 재주는 실수 많은 인간의 일상을 구원해 주었다. 고도의 유머는 일어날 싸움을 예방하고, 일어난 싸움에 화해를 만들며, 상대방의 감정을 바꾸어 나에 대한 인식 자체를 전복시킬 수도 있었다. 나는 롤러스케이드를 연습하는 아이처럼, 계속 다쳐 가며, 불쾌함이 유쾌함으로 바뀌어 가는 과정들을 학습했다. 그때 얻은 능력은 내 나이와 함께 자라고 있다.

인문학을 읽든 명랑 개그 웹툰을 읽든 상관없지만 활자를 계속 읽으며 머릿속 어휘 주머니를 확장해야 했다. 읽는 것만으로 단어와 문장이 습득된다는 가정이 맞다면, 가성비가 제일 좋은 방식은 역시 텍스트였다. 텍스트가 가장 촘촘하고 올바른 방식으로 짜인 것이 바로 책이었다. 책을 읽으며 가용 단어를 확장하다 보면 '미안하다' 외의 1000가지 사과법을 알게 된다. 귤 한 알을 받았을 때와 귤 한 박스를 받았을 때, 귤 과수원을 받았을 때의 고마움 표현법을 자유자재로 조절할 수 있다.

"귤! 고마워."

"귤을 한 박스나 주다니 정말 고마워."

"제게 귤 과수원을 주신다고요? 감사합니다."

이런 말들은 단조롭고, 가끔은 고맙단 말뿐이라 오히려 덜 고마워 보인다.

"너무 향긋한 귤이다. 덕분에 기분 디퓨저가 생긴 것 같아."

"어떻게 귤을 한 박스나 주시죠? 이제 당신을 만다린 공주라고 부르겠어요."

"제 장래 희망은 명석한 귤 과수원 주인이 되는 거예요. 왜냐하면 당신이 주신 소중한 과수원을 세계 최고로 만들고 싶거든요. 결코 죽지 않으면서 목숨 바쳐 가꿀게요."

물론 이건 내 방식이고, 너무 오버스럽지만, 무뚝뚝과

오버 사이를 넘나들며 적절한 리액션을 찾아갈 수 있다. 나는 나의 필연적인 과잉을 담백한 책들과 함께 눌러 간다. 내가 적절히 감사하고 사과할 때마다 사회에 잘 녹아들고 있다는 충만감을 느낀다.

네 번째는 나 자신에게 재미있기 위해서다.

자꾸 밖으로만 나가고 싶고, 한시도 스스로에게 집중하기 싫고, 남에게만 자아 의탁하고 싶은 이유가 뭘까? 내면에 집중하는 순간 한심하고 재미없다는 결론이 나올 것 같아서일지도 모른다. 나에 대해 파고들다 인간 쓰레기라는 결론에 목 졸리느니, 좋아하는 남들의 뒤꽁무니나 따라다니는 게 안전한 것이다. 하지만 타인 곁에 머무는 데엔 생각보다 많은 자산이 소모된다. 시간, 돈, 배려, 저자세, 가짜 공감, 가짜 미소, 분노의 소거 등등…… 줄줄 새는 개인적 자산을 저축하려면, 타인과의 관계에 집착하기보다는 자기 자신을 즐거운 존재로 바꾸는 게 낫다. 이때의 노력은 훌륭함이 아니고 단순하고 원초적인 재미이다. 그냥 스스로가 보다 흥미로운 사람이 되겠다는 다짐이다.

내가 세상에서 제일 재미있다면 나는 당연히 나랑 놀고 싶어진다. 남들과 덜 놀면 높은 확률로 슬픈 사건이 줄어든다. 누군가 나를 떠날 거란 걱정, 싫어할 거란 걱정, 실제로 떠나거나 싫어하는 사건에 쓰이는 걱정이 줄어들기 때문이다. 무엇보다 그런 일이 벌어진다 한들 예전처럼 두렵지 않다. 내게는 내가 있어 영원히 홀로 된 기분이 들지 않는다.

자기 자신을 준비된 협력자로 여기려면 어떻게 해야 할지 오래 생각했다. 내가 찾은 해법은 어떻게든 노력하여 재미있는 사람이 되는 것이었다. 많은 재미를 추구하려면 많이 알아야 했다. 그래서 결국 다시 책을 펼치게 되었다. 독서는 진실과 진리를 가르쳐 주는 수단 중 가장 친절했다. 오로지 내 필요만 채우고 덮어도 관계 유지에 대한 부채감을 주지 않았다. 내게 광고하거나 보채지 않고 아주 조용히, 조그맣게 존재하기만 했다. 책은 집필 과정에 담긴 수고만으로도 이미 완벽해서 내가 신경 써 가치를 찾아 줘야 할 이유가 없는 존재 같았다. 주기적으로 안부를 물어야 하는 친구도 아니고 내게 잔소리만 쏟아붓는 어른들도 아니었다. 그래서 우리는 어색하게나마 친할 수 있었다. 오래 책을 외면해도 별다른 사과 없이 그저 펼치기만 하면 화해였다.

책들이 생명을 얻어 말하고 걸을 수 있다면, 내 책장의 책들은 즉시 나를 떠날지도 모르겠다. "우리 이 바보의 집에서 무시당하지 말고 떠나자!"라며 이민용 여권을 챙길지 모른다. 하지만 나는 책이 무소불위의 요술사가 되어도 나를 떠나지 않을 것을 안다. 책을 떠나는 것은 언제나 나였고, 재차 돌아오는 것도 언제나 나였다. 서로를 이해하지 못해도 이토록 황홀하다는 점에서, 독서는 보는 것만으로 멋진 세계였다.

당신을 미치게 한 것을 후회합니다

모든 또라이가 ADHD는 아니지만, ADHD들은 또라이 소리를 자주 듣는다. 긍정적인 의미는 전혀 없이 멸시가 가득한 표현이라 슬프다. 슬픔에 집중할 수 없다는 게 덜 슬프다는 얘기는 아니어서, 나는 몰이해의 벽을 만날 때마다 한 뼘씩 작아지곤 한다.

하지만 ADHD 주변인들의 고충도 이해한다. 전두엽에 각성 문제가 있다는 사실은 그로 인해 반드시 남에게 피해를 준다는 뜻이기도 하다. 나를 낳아서, 태어나 보니 내 언니나 동생이라서, 친해서, 같이 일해서, 사귀어서 등의 이유로 무작정 나의 실수들을 감당해 줄 의무는 없는 것이다. 과거엔 사람들이 내게 인내하는 상황 자체가 기회이자 기회의 제한인 걸 몰랐다. 그래서 여러 번 속상했고, 여러 사람을 잃었다. 내가 큰 실수들을 하는 건 아니었다. 하지만 나의 사건들은 정도보다는 빈도 면에서 상대방을 열 받게 했다. 평생을 충고가 통하지 않는 아이로 살며 수집한 평가는 아래와 같다.

1 충분히 설명해 주어도, "왜? 언제? 누가? 내가? 아닌데? 몰라? 어떻게 알아?" 등으로 되묻는다.

2 나이에 맞지 않는 사고를 한다. 대책 없는 결정, 허술한 계획, 시공간을 가리지 않는 공상과 몽상 등.

3 사소한 물건에 집착하고 말꼬리를 잡는다.

4 주변이 너저분하다. 물건을 제자리에 두지 않는다.

5 명령이든 공동체의 편의를 위해 모두가 합의한 룰이든, 규칙을 존중하지 않는다.

6 생각 없이 말한다. 방금 그건, 생각이 있다면 하지 않았을 말이다.

7 멍청한 건지 상대방을 우습게 보는 건지 헷갈리게 만든다.

8 뭘 하든 두 번 손이 가도록 만든다.

9 말이 많은데 영양가 없는 말들이 태반이다. 그래서 대화가 피상적이다.

10 공지 사항을 숙지하지 않고 당연히 준비물을 챙기지 않는다.

11 잘 깨고, 잘 떨어뜨리고, 잘 잃어버린다. 본인 몸도 잘 다친다.

12 자꾸 찡얼대는데 어쩌자는 건지 모르겠다.

13 우연히 꽂힌 흥미, 사람, 취미에 1차원적으로 집착한다.

14 무리하게 파고들다 무리하게 정지한다.

15 모든 판단의 기준이 본인이며, 개인의 자유와 상대방 배려의 경계선을 모른다.

16 기분 나쁘면 혼자만의 세계로 떠나 돌아오지 않는다.

17 순서가 재구성된 기억들을 진실로 여기고 있다.

18 유흥(돈, 술, 약, 쇼핑, 도박 혹은 이와 비슷한 구조의 향락)에 대한 통제력을 쉽게 상실한다.

19 상대방의 반응 이면에 간접적으로 드러나는 감정을 알아차리지 못한다. 눈치가 없거나 타인에게 무관심해 보인다.

20 그 외 다수.

지금까지 서술한 것보다 광범위한 문제들이 내 생활 곳곳에 도사리고 있었다. 난 패 주고 싶지만 차마 그럴 수 없는 유형의 가족, 친구, 애인, 상사, 부하직원, 동료로서 사람들 곁에 머물렀다. 듣기로 나의 최악은 '변할 듯 변하지 않으며 끝끝내 사람을 지치게 하는 점'이라고 했다. 그러거나 말거나 내가 제일 싫어했던 말은 고의성에 대한 오해였다.

수많은 사람들이 나의 부족한 행동에 대고 "너 일부러 그러냐?"라고 물어 댔고, 대답을 하기도 전에 이미 화가 나 있었다. 그 질문을 들으면 머리 뚜껑을 열고 속을 보여 줘서라도 결백을 증명하고 싶은 기분이 들었다. 머리를 열 수 없다면 가슴이라도 열고 싶었다. 나는 사람들이 제일 싫어하는 반응도 잘 알아서, 일부러 가끔 써먹었다. 그들은 보통 "사소한 걸로 난리 좀 치지 마라."라고 할 때 불같이 화를 냈다. 이미 내가 주는 과부하가 사소한 영역을 넘었는데, 본인이 태평한 소리나 하니 화가 날 만했다. 어쨌든 한두 방씩 주고받다 보면 난폭해진 갈등은 수면 위로 올라오게 되었다.

"네 맘대로 해. 어차피 맘대로 할 거잖아."

"난 한 번도 내 맘대로 다 한 적 없어!"

"왜 늘 이렇게 똑같은 실망을 주니?"

"왜 이제 와서 싫다는 거야?"

그러다 결국 나오는 말은 이거였다. "제발 부탁이니 정신 좀 차려라."

이 말엔 유일하게 할 말이 없었다. 나야말로 내가 정신을 좀 차리길 바랐지만, 정신은 밥상처럼 차려지는 게 아니었다. 밥상처럼 발로 찰 순 있지만, 한정식처럼 정갈하게 배열되지 못했다.

나는 이때부터 가망 없어진 관계를 회피했다. '나를 떠나간 사람'의 범주에는 내가 선수 쳐 끊어 버린 인연이 더 많다. 이미 이상함을 감지한 사람에겐 내 의견을 피력할 의지나 용기가 생기지 않았다. 구구절절 털어놓은 초라한 진심조차 '이상함'의 증거로만 수렴된다면, 내가 그 실망과 낙담을 견딜 수나 있을지 무서웠다.

지루하게 변명하자면…… 나는 애초에 '일부러 그래 본' 적이 없다. 어떤 행동을 미리 구상하고 실현할 만큼 스스로 제어 가능한 타입도 못 되었으니 말이다. 그런 게 가능했다면 난 진작부터 명석함과 꼼꼼함을 연기해 훌륭한 사람이 되었을 것이다. 사람들이 내게 에이에스가 필요하다 느낀 이유는 내가 진실로 고장 나 있어서일 뿐 반전은 없었다.

그래서 타인은 지옥이고 내가 선의의 피해자였냐고 묻는다면 당연히 아니다. 피해자는 역시 내 지인들이었다고 생각한다. 슬프게도, 수없이 지적당해 외울 지경인 스무 가지 증언들은 거의 다 사실이기 때문이다. 나는 되갚지 못할 남의 인내를 마구 끌어다 쓰는 게 감정적 사채 빚과 같다는 걸 몰랐다. 관계라는 게 그렇다. 상대방이 양보할수록 내 삶은 편안해진다. 나의 패착은 편안함을 느낄 때마다 착취적으로 굴었다는 데 있었다. 한 개를 내어 주면 두 개를 달라고 하고, 두 개를 받아 낸 후엔 세 개를 취했다. "멀쩡한 네가 나 좀 참아 줘." 이런 바람을 은연중에 보였는지도 모른다.

지금보다 더 어릴 적의 나는 마음껏 휘젓고 다니면서도 혼란을 목도하길 두려워하는 겁쟁이었다. 그래서 나의 미숙함이 타인의 성숙함을 해칠 때도 본질을 보지 않고 도망쳤다. 이 남자가 끝나면 저 남자에게로, 이 친구가 가면 또 저 친구에게로…… 엄마와 생활 패턴이 안 맞으면 다른 집을 얻고 회사에 나쁜 사람이 있으면 이직했다. 내 발에 모터와

날개가 한꺼번에 달렸나 보다 생각했지만 실은 한 발짝도 못 가고 고여 있던 시간이었다.

떠나간 사람들, 내가 떠나보낸 사람들은 나를 어떻게 기억하고 있을까? 나는 그들을 완전히 놓겠단 명목하에 전부 잊었다. ADHD의 몇 안 되는 순기능은 나쁜 추억을 쉽게 망각한다는 점이다. 나는 잊지 말아야 할 것을 놓치는 대신, 잊고 싶은 건 삭제에 가깝게 없애는 능력을 얻은 듯하다.

하지만 도망치다 보니 결국 제자리임을 깨닫고, 잊었던 과거를 끄집어내 재정렬 중이다. 그때 응당 했어야 할 반성 중에서 누락된 것이 있는지 체크해 본다. 너무 많아서 다시 잊을지 모르지만, 내가 곧 반성하는 인간이 되는 것에도 질릴지 모르지만, 맨날 욕만 먹다 생각을 해 볼 마음을 먹은 것만으로도 괜찮은 것 같다.

ADHD라고 말할까 말까?

ADHD 판정을 받은 후, 나를 끊임없이 충동질한 문제는 'ADHD라는 걸 말하느냐 마느냐'였다. 고민은 친밀한 인연이 나타날 때마다 깊어졌고, 채 고민이 끝나지 않은 고백이 술자리 같은 데서 불쑥 튀어나왔다. ADHD라서 ADHD 고백 충동을 못이기는 나는 공들여 위험에 빠지려는 사람 같았다.

나는 신께 맹세코 입 가벼운 사람이 아니었다. 타인의 비밀을 지키며 긍지를 느끼고, 새어 나갈 틈새를 차단하는 섬세함도 있었다. 그러나 스스로의 비밀들은 내게 D 마이너스 등급의 천대를 받았다. 밖에서 사람들과 섞여 버린 나는 자기 전의 내가 감당할 수 없을 만큼 쿨해지는 것 같았다. 그 덕에 실외의 나와 실내의 내가 다투기 시작했다. "왜 말했어?"와 "말하고 싶으니까 말했지."의 반복이었다. 반응을 따라 자기 인식도 요동쳤다. 남들이 '고작' ADHD라고 하면, 내겐 '무려' ADHD가 되었다. 사람들이 불치의 정신병을 위로하면 '죽을병도 아닌데?' 싶었다.

고백 충동은 죄책감에서 왔다. ADHD보다 큰 비밀을 가져 본 적 없던 나는 진단 이후 갑자기 들이닥친 비밀 경보에 안절부절못했다. 사랑하는 사람들에게 비공개 영역을 만든다는 것이 너무나 부적절해 보였다. 0퍼센트의 투명도를 유지하지 못하면 뭔가 숨기는 티가 날 것이고, 텁텁해진 나를 모두가 떠나갈 것 같았다. 그들을 놓치는 상상 끝에는 아픈 마음으로 고립된 내가 있었다. 그때 난 너무 불안해서 모든 착각들을 보물처럼 끌어안고 살았다. 어떠한 기준도 없어서 옳고 그름을 판단할 수도 없었다.

저 사람은 나를 좋아하는가, 싫어하는가? 정신과에 얼마만큼의 편견을 갖고 있는가? 나를 좋아하니까 편견을 버릴 것인가? 어쩌면 불쌍히 여길까? 혹여 내 불행을 행복의 재료로 삼진 않을까? 그러나 최우선 과제는 남을 빼고 오롯이 나 스스로 ADHD의 수용 정도를 재 보는 것이었다. ADHD에 대한 내 생각이 불분명하면 타인의 반응에서도 모호함밖에 느낄 수 없었다. 위로도 위로 같지 않고, 침묵은 반드시 비난 같았다. 사실 그것은 왜곡이다. 나에게 어떤 위로도 무효하니까, 침묵엔 빈 공간이 많으니까, 내 생각이 타인의 입을 빌어 힘을 얻는 것이었다. 그래서 ADHD를 수치로 여기던 시절엔 누구에게 내 비밀을 털어놔도 개운하지 않았다.

"괜찮아! 너 안 그래 보여."

"야, 우리 회사에도 있어. 진짜 맨날 미친놈처럼 돌아다니고……."

"헐! 나 아는 애도 ADHD라던데 걔는 멀쩡하던데?"

"그럼 맨날 정신과 가는 거야? 힘들겠다."

모든 사람의 모든 반응이 '결국 나는 혼자'라는 속상함으로 치달았다. 타인의 긍정에서 힘을 얻지 못하면서도, 조그마한 부정으로 모든 힘을 잃었다. 오랜 시간을 희생한 끝에 ADHD에 대한 걱정 자체를 허물 수 있었다. 나중에는 지쳐서 뭐가 어찌 되든 상관없다는 생각이었다. 이 병은 나를 떠나지 않고, 나도 이 병을 떠날 수 없다. 누구도 나를 낫게 할 수 없고 나의 질병으로 나만큼 힘들 수 없다. 없다, 없다, 없다. 젠가처럼 소거되는 '없다'들의 총합으로 마침내 완벽한 무너짐을 얻었다. '얻었다'라고 서술하는 건 포기로써 드디어 판도가 뒤집혔기 때문이었다. 완전히 진다는 것은 특별한 감각이었다. 허탈했고, 새로웠고, 부아가 치밀면서도 안심이 되었다. 그때 난 약간의 미래를 보았다. 내가 앞으로도 이런 식으로 인생을 이겨 내리란 느낌이 들었다. 지난한 싸움을 계속하는 대신 '졌다.'고 인정할 수 있다면, 차라리 늘 깨끗하게 질 수 있다면, 그건 이제 다음 단계를 생각하기 위한 기동력이라 봐도 좋았다.

나와 글쓰기와 타인

여전히 누군가에게 나의 질환에 대해 털어놓을지 말지 고민하기는 한다.

굳이 따지자면 ADHD는 개인정보이니 밖을 나돌지 않도록 조심할 필요는 있다. 메일 주소나 SNS 계정, 휴대폰 번호를 생각하면 공유 대상을 가리기 쉽다. 가족이어도 싫으면 알리지 않고, 처음 본 사람에게도 필요에 따라 말할 수 있다. 정보의 개폐 유무를 내가 결정할 수 있어야 한다는 게 중요하다. 내 질환명을 공지 사항처럼, 자유 게시판처럼, 리뷰 이벤트처럼 다룰 것 같은 사람에게는 말을 아껴야 한다. 적재적소에 말을 아끼면 품을 들이지 않고도 나를 아낄 수 있다.

그럼에도 헷갈릴 때는 마지막 관문처럼 나 자신을 돌아본다. ADHD가 탄로 날 '뻔'했을 때, '실상은 모르지만 왠지' 탄로 난 것 같을 때, 나는 내가 믿던 상대방을 끝까지 믿을 수 있는가? "아무한테도 안 말했어."라는 상대의 진술을 집에 와서 되새기지 않을 자신이 있는가? 란 물음들이다. 이런 질문들에 명확히 '그렇다'라고 답할 수 없다면 비밀을 털어놓지 않는 편이 낫다. 애초에 신뢰할 수 있는 사람에게만 말하고, 말한 후에는 그를 의심해서는 안 된다.

비밀은 좋고만 싶은 사이에 다짜고짜 내미는 것이 아니다. 비밀로써 비밀을 교환해서도 안 되고, 비밀의 크기가 내 마음의 규모도 아니고, 남에게 나눈다고 절반으로 줄어드는 것조차 아니다.

ADHD가 구질구질하다는 생각에는 변함이 없지만, 그 사실에 공격받던 방어 체계가 변했다. 나의 비밀은 나에게조차 거룩함을 잃어서 더 이상 비밀이 아니게 되었다. 이제 나는 'ADHD임을 숨길까 말까'보다 내 질환이 왜 숨겨져야 하는지 묻는다. ADHD라는 사실을 털어놓아도 괜찮을지 오래 고민했던 나 자신을 돌아보면서, 이제는 그것이 전혀 쓸데없는 고민이 되기를 바란다.

우울증 약보다 글쓰기를 믿어서

사실 나는 먹고살기 바쁘고 작문 실력도 별로다. 그럼에 도 글을 쓰는 이유는, 글쓰기의 배설작용을 신뢰하기 때문이 다. 밥을 먹고 나서 용변을 보는 것처럼 마음에도 배출구가 필요하다. 음식물 처리는 장기들이 알아서 한다지만, 마음이 란 비워 주지 않으면 고일 뿐이니 정신적 배설이 시급하다.

내가 우울증 환자들을 대표하진 못하지만, 내 우울에는 약보다 글을 쓰는 편이 나았다. 쓴 글은 게시되기도 하고 세 상에서 영영 추방되기도 했다. 과거의 내가 항우울제를 먹 기도 하고 버리기도 했던 것처럼 마구잡이 취급을 받았다. 그러나 어떻게 망하든 쓰기 전보단 개운해진다는 점에서 글 쓰기는 약보다 유효했다. 나는 항우울제를 먹으면 기분이 더 처지는 편이었다. 글에는 그런 부작용이 없었다. 오히려 약간 불쾌한 고양감에 괴로울 때가 많았는데, 그건 자신을 긍정해 본 적 없는 자 특유의 방어적 낯가림이었다. 나는 완 벽과는 거리가 먼 글 서른 개가량을 쓰고 나서야 어떤 상담과 대화와 진료와 노동에서도 느껴 보지 못한 자유로움과 해방감을 얻었다는 걸 알았다.

마음만 먹으면, 글 속의 나는 천사나 돌고래가 될 수 있었다. 스님이나 노숙자, 다음 대선의 서른 살 대통령도 가능했다. 반대로 대통령이 되길 거부한 서른 살도 쉬울 거였다. 좀 더 넓게 역사를 망가뜨리며 나를 섞자면, 닐 암스트롱 대신 최초로 달에 간 인간이나 여성 걸리버가 될 수도 있었다. 하지만 모든 것이 가능하단 생각이 들자, 왠지 절실히도 나 자신이 되고 싶었다. 그건 이상하게 눈물 나는 감각이었다. 나는 허접하고 추하고 멍청하고 사랑스럽지 않은데 왜 하필 나 자신을 원했던 것인지 모르겠다. 내가 남이 되길 원했다면 소설을 시도했을 거다. 하지만 나 자신이 되고 싶었기 때문에 에세이를 쓰고 있다. 돌이켜 보면, 나는 나를 원했다기보다 나 자신을 구하길 원한 것 같았다.

글을 쓰자고 결심하기 전의 나는 어딘가 위태롭고 교만하며 지루했다. 나는 이제 그 세 가지 특성마저 글에 녹여 연료로 삼는 작가가 되기를 꿈꾼다. 시간이 지난 후 결국 어떤 모습이 될지는 모르겠지만, 대한민국에서 자라 서른에 이른 젊은이가 작가가 될 가능성에 안심하기가 얼마나 어려운지는 안다.

자아실현의 도구가 하필 글인 이유는 운명적이지 않다. 직설적으로 말해 내가 그림도 못 그리고 노래도 못하고 춤도 못 추기 때문이다. 내겐 다채로운 취미가 없고 다채로운 취미에 대한 열망도 없다. 나는 취미로써 남과 교류하기도 싫은 침대 속 두더지였다. 내가 할 수 있는 거라곤 쓸데없이 글을 계속 짓고 지우며 잉여 시간의 속성을 바꾸어 가는 것뿐이었다. 그게 의외로 나쁘지도 않았다.

남는 시간에 글을 쓰자 갑자기 내가 멋지다는 생각이 들기 시작했다. 나는 그런 착각을 반드시 말살하는 부정적인 인간이었는데, 글을 쓰느라 머리를 쥐어짠다는 이유로 약간 환상적인 사람이 되는 것 같았다. 어쩌면 난 글을 수단화하여 스스로가 멋진 인간이라는 오해에 불을 지피고 싶었는지도 모른다. 하지만 오해이고 착각일지언정, 계속 타오르면 불순함도 불티가 된다고 믿게 되었다. 대단해지는 과정은 별로 대단하지 않으나, 알면서도 지속하는 건 대견하다는 확신이 생겼다. 나는 나를 믿지 못해서 확신 같은 건 잘 하지 않는다. 그래도 대단하지 않은 내가 점차 그 길에 가까워지고 있음은 선명했다.

글을 쓰기 위한 최소한의 여건은 사람마다 다를 테지만, 내 경우엔 '멋짐을 포기하는 태도'였다. 글에는 별다른 장비가 필요하지 않기 때문에 마음가짐이 곧 장비가 되었다. 나는 예쁜 글이나 화려한 글을 좋아했지만 그렇게 쓸 수는 없었다. 감수성이나 실력 면에서 가난한 내가 취할 수 있는 강점은 그저 무식한 솔직함 하나인 듯했다.

그래서 나의 부끄러운 글들은 더 시시해지기 위해, 추해지기 위해, 더럽고 서러웠던 기억을 그대로 박제하기 위해 쓰인다. 나쁜 것들은 일단 꺼내어 촘촘히 뜯어봐야만 앞으로 사랑할지 영영 미워할지 결정 내릴 수 있었다. 신기하게도 한 번 쓰고 나면, 싫은 것들과 조금 친해진 느낌이 들었다. 두 번 쓰면 악감정과 나는 데면데면한 친구 사이가 되었다. 세 번, 네 번이 되면 어느새 온갖 부정들도 놓치기 아까운 삶의 일면으로 체화되는 듯했다.

　　내 안의 음습한 동굴을 구석구석 훑는 건 식상했지만, 그 동굴 한 켠에 모닥불을 지피려는 결심은 신기했다. 강남에서 반딧불이 떼를 만나도 이보다 비현실적이진 못할 거라고 나는 오래 감사했다. 현실에 짓눌리고 있는 내게는 엉거주춤한 비현실 한 줌이 우주만큼의 확장성을 가졌다. 뭔가를 쓰고 나면 달보다 먼 곳에 있는 것 같던 잠이 날아와 주는 것도 좋았다. 낱말과 문장과 그것들의 조합으로 흐트러진 머릿속에 새까만 암전이 내리는 감각이 편안했다.

　　하지만 글쓰기가 내게 활력만 주는 건 아니었다. 나는 늘 손쉬운 마법을 찾아 헤맸지만 아쉽게도 글에는 그런 유의 편법이 통하지 않았다. 오히려 비극적일 정도로 현실적이었다. 그래서 최대의 방해 요소 또한 나의 현실 인식이었다.

　　내가 잘 쓸 수 있을까? 아마 없을 거다. 내게 글로 쓸만한 드라마가 있나? 아마 없을 거다. 내 글을 읽고 감명받는 사람이 존재하기나 할까? 아마, 없을 거다. 있다면 그 사람은 단지 상냥한 것일 뿐……. 이런 가정들은 오랫동안 나를 짓눌렀다. 근거 없는 확신이 얼마나 무거웠는지 결코 쓰지 않겠다는 다짐을 사수하느라 몇 년이 훌쩍 가 버렸다. 좀 더 일찍 쓰기 시작했다면 좀 더 일찍 발전했을 텐데. 다 커 버린 몸으로 걸음마를 하려니 괜히 심술 나고 통탄스러울 때가 있었다. 세상은 이런 찌그러진 마음을 열등감이라 불렀다. 나는 동의하기 싫을 만큼 그 표현에 동의하며 멋쩍어하거나 힘을 냈다.

그래도 오래 머뭇거린 만큼 머뭇거림에 대해서는 많은 말을 쓸 수 있으리라 믿는다. 시간은 변하고 흐르고 멈추면서 고이지만, 실은 공평하니까 내가 날린 시간들도 결국은 삶을 상영하는 장치였다고 믿는다. 어떤 신뢰는 처연할 만큼의 강제성을 가진다. 내가 글에 대해 가지는 믿음, 가지려는 믿음이 모두 그렇다. 나는 글을 통해 새로운 세상을 열게 될까? 어쩌면 글이 먼저 포장된 나를 꺼내러 와 줄지 모른다. 나는 모든 면에서 밀봉보다는 개봉이 낫다고 생각하며 약간 환상적이고 많이 찌그러진 나에 대해 쓴다. 항우울제 없이 오늘 밤의 우울함을 꿋꿋이 소진하는 중이다.

완전무결한 상냥함

　힘들 때면 날카로운 충고나 뼈 아픈 조언을 가장 먼저 멀리했다. 그것들은 산성이라 알칼리성 우울을 가진 내겐 신맛이 났다. 너무 신 것을 먹으면 공연히 눈물이 쭉 빠지고 온몸의 힘도 쭉 빠지니까, 나는 세상 모두가 좀 더 중성적일 순 없을까 바라게 되었다.

　중성적이란 별게 아니다. 이해받고 싶다는 무작정의 욕구가 허락되는 것, 그래서 나처럼 예민하고 내구성 없는 사람의 수치심도 무뎌질 수 있는 환경을 뜻한다. 사람들이 검증 없이 서로를 예뻐하기로 약속한다면 세상의 신맛도 내 인생의 쓴맛도 저절로 중화될 것 같았다.

　하지만 세상은 나를 위해 바뀔 의지가 없어 보였다. 냉정함을 회피하는 내 태도도 남들 눈에는 나약하게만 비치는 듯했다. 결국 나는 자꾸만 날카로운 충고나 뼈 아픈 조언 앞에 소환되었다. 지인들은 내가 현실을 알아야 한다고 생각했고, 나는 내가 이미 안다고 생각했다.

"네가 애야?"

아니다. 나는 이미 어른이어야 마땅한 서른이었다.

"사람들이 언제까지 너를 받아 주겠어? 어떻게 너만 받아 주겠어."

맞는 말이었다. 누구에게도 나를 받아 줄 의무가 없고, 나 역시 그런 권리를 준 적이 없다. 누군가 나를 받아 주고 나만 받아 준다면, 난 상대에 의존하며 치명적으로 망가질 게 뻔하다. 얼렁뚱땅 30년을 낭비하며 깨달은 건 세상에서 가장 따뜻한 것도 차가운 것도 결국 인간이란 거다. 데거나 얼어붙기 싫으면 사람과의 거리를 너무 좁히지 말아야 한다.

하지만 삶에 지친 나는 문득 쓸쓸했고, 나의 비루함과 초라함을 어딘가에 모조리 의탁하고 싶었다. 홀로 서야 할 때마다 완전무결한 상냥함이 절실했다.

온전한 내 편.

그건 절대로 남편 같은 게 아닐 거였다. 또 부모님에겐 나 말고도 두 명의 자식이 더 있었다. 엄마 아빠가 우리 자매에게 공평할수록 완벽한 내 편에서는 멀어졌다. 친구들 역시 다른 친구들이 있고, 남자 친구는 떠나기 위해 잠시 머무는 존재이니 더더욱 무리였다. 고양이가 제일 좋았지만 쌍방향 소통이 불가능했다.

그러면 나는 누구의 사랑과 이해를 받아야 할까? 대체 누가 이다지도 엉망인 나를 조건 없이 사랑해 줄까. 심지어 내게 이용되길 원하면서도 무보수에 동의하는 사람이어야 했다. 부족한 나를 발전시키려 들지 않고 오히려 보존하려 애써 주는 것, 그게 바로 내가 원하는 완전무결의 상냥함이다.

모든 조건은 불가능해 보였지만, 그래도 적합한 사람 하나를 알긴 알았다. 그는 본인의 결심만 선다면 요구받은 것보다 내게 더 잘할 수 있는 사람이다. 나를 최고 등급의 행복으로 적시고 돈으로는 절대 살 수 없는 위로와 응원을 퍼부어 줄 수도 있다. 그가 나를 위해 해 줄 수 있는 일은 어마어마하게 많다. 그렇게 멋진 사람이 지금껏 나를 외면했던 이유는, 내가 그를 원한 적이 없었기 때문이다. 그가 가치 있는 사람이라는 생각 자체를 해 본 적이 없기 때문이다. 나는 오히려 사는 내내 그 애를 배척하고 흠잡아 오지 않았던가?

미안한 마음을 담아, 들어도 들어도 직접 발음하긴 어색한 이름을 불러 본다. 대답은 들려오지 않았지만 명치에 무언가 차오르는 느낌이 든다. 그건 설명할 수 없는 종류의 유대감과 충족감이다.

내가 부른 이는 나다.

결국 나에겐 나만이 유효하고 고유하다. 나는 너무 나답게 아름다워서 모든 타인에게 해석에 대한 실패를 주었다. 최후의 오해들을 아우르는 해답은, 그것들을 아예 풀지 않는 것이었다. 나는 오로지 내게만 나를 해명한다. 가끔은 그조차 필요 없다. 우리는 입으로 하는 말을 멈추고 필담을 나누기 시작했다.

내 글은 그 대화의 기록이다.

비공개 천재와 천재 사냥꾼

천재 아닌 사람이 천재가 되려면 어떡해야 할까? 오로지 아니라는 사실만이 확실하다면, 두 가지 시도를 해 볼 수 있다. 이는 자신이 천재적이지 않다는 걸 뼛속 깊이 아는 사람, 그래서 오랜 슬픔을 느껴 온 사람, 앞으로는 속옷만큼의 슬픔까지 훌렁 벗겠다고 다짐하는 사람에게만 유효하다. 안 믿겨도 다음 생에 실제 천재로 태어나는 것보다는 쉽고 빠른 방법이다.

첫 번째는 '몰래' 나만 아는 비공개 천재가 되는 것이다.

선천적 천재 역할을 사양하며 태어난 사람들은, 일생 동안 후천적 천재가 될 기회를 얻는다. 별다른 천재성을 부여받지 않았기에 고유한 천재성을 설계할 수 있다. 후발 주자는 보다 은밀하게 천재성을 발굴해야 한다. 사람들은 자기보다 나은 이에게 양가감정을 갖기 때문이다. "여기 이놈 좀 봐라!" 처음엔 신기해할 것이다. 그러나 신기함이 가라앉는 즉시, "여기 이놈을 내가 어떻게 망치는지 봐라!" 하는 식으로 천재 사냥을 벌인다. 나를 망쳐 봤자 포상금 한 푼 없지만, 아무리 봐도 내가 자신의 동족은 아니므로, 죄책감 없이 나를 정복하거나 수집하려 든다.

내밀한 훌륭함을 찾은 후 그것에 대해 함구한다면 나는 사람들을 속이는 천재성까지 갖추게 된다. 그러니 두각이 확실한 분야의 천재가 될 필요는 없다. '천재'보다는 '몰래'가 중요하니까 비공개 천재가 되기 쉬운 분야만을 찾는다. 이 방법에 따르면 나는 깜빡 잊기의 천재, 누워 있기의 천재, 할 일 미루기의 천재, 머리 박기의 천재다.

어느 날은 회사 회전문에 이마를 세게 부딪치는 바람에 머리 박기의 천재성을 노출하고 말았다. '머리 박기의 비공개 천재'라는 타이틀은 "텅!" 다음 "아아악!", "헐! 괜찮아요?" 하는 소동과 함께 박탈되었다. 그러자 놀라운 일이 벌어졌다. 내가 '수치스러워도 웃기의 천재'라는 걸 깨달은 것이다. 내 말이 바보 같은가? 그렇다면 난 '바보 같은 말하기'의 천재인데, 이 글로써 그것을 들켰으니 '바보 같은 말하고 들키기의 천재'가 되었다.

비공개 천재들은 자신의 구성 원리를 파고들다 사디스트 같은 난제에 갇히고 만다.

"내가 쥐톨만큼이라도 천재라면, 어째서 그 때문에 불행한가?"

이 질문의 반복은 마조히스트 같기도 하다. 어쨌든 이것은 선천적 천재들도 밝혀내지 못한 대규모 의문이다. 운명이라 말해도 무책임하지 않을 정도의 진리인데, 천재는 뛰어남의 대가로 남들의 몇백 배쯤 되는 외로움을 짊어지게 된다. 그것은 우울감이다. 온 세상 인간들이 오직 나만을 이해하지 못한다는 고립감이다. 세상은 천재들이 남 모르게 완전하길 바라서 자꾸 혼자 있을 시간을 떠미는 것 같다.

"혼자 있어 봐야 혼자만의 것을 찾게 될 거야." 내가 듣지 않는 귓속말을 건네는 듯하다.

고액 연봉자가 세금 폭탄에 시달리는 것처럼, 천재성이 다분한 자들도 과도한 고독감을 부여받는다. 반대로 말해, 고독할수록 천재의 영역에 깊이 들어와 있다는 증거다. 자신이 지불하는 고독이 부당하다면 하루빨리 스스로가 남모르는 천재가 아닌지 의심해 봐야 한다. 본인이 비공개 천재라는 사실을 인정하면, 분야는 곧 공개될 것이다.

두 번째는 천재 사냥꾼들에게서 소중한 천재성을 지키려는 노력이다. 깎아지른 듯한 산도 인간에게 진짜 깎이면 산 아닌 공간이 되듯이, 천재성 또한 얼마든지 훼손될 수 있다. 천재 사냥꾼들은 나를 업신여기기 위해 별별 말들을 다한다.

"정신을 어디 놓고 다니는 거야? 미쳤어?"

"너처럼 게으르고 멍청한 인간은 처음 본다."

"네가 뭘 할 수 있겠어. 어차피 안 될 거 포기해."

"너는 진짜 이상해."

이런 것들이, 혹은 이보다 심한 것들이 천재 사냥꾼들의 전략적 언어 폭력이다. 이때 가장 고요한 대응은 폭력에 영향받지 않음으로써 폭력을 무력화하는 것이다. 굳이 영향받지 않는다고 선언할 필요는 없다. 그러면 천재 사냥꾼들의 뚱뚱한 승부욕이 부풀어 오르고, 그들이 흥분해서 불필요한 2차전이 벌어지기 때문이다. 시끄러운 싸움은 '몰래' 천재가 된 내겐 참 곤란하다. 나는 그냥 "알겠어, (네가 나를 발견하지 못하게) 주의해 볼게."라는 식으로 소화기 분말 같은 립서비스를 보낼 수 있다.

내가 천재고 상대방이 천재 사냥꾼일 때, 우리 사이의 극적 이해는 불가능한 것이 된다. 천재 사냥꾼은 멀리 있지도 않다. 슬프고도 역설적이게 그들은 보통 나의 지인이다. 사랑하는 가족, 애인, 친구, 동료와 화합이 안 되는 이유도 그들의 숨긴 역할이 천재 사냥꾼이기 때문이다. 나를 해치더라도 꿋꿋이 나로 살겠단 결심 자체가 애잔한 천재성이건만 그들은 절대로 나를 있는 그대로 인정하지 않는다. 내가 슬픔에 짓눌려 밋밋해지다 결국 아주 납작해질 때까지, 너무 납작해져서 여름 이불만큼의 두께로 침대와 찰싹 붙을 때까지 충고 같은 총공격을 멈추지 않는다.

거울을 보면 빈약한 천재론을 펼치며 불안에 떠는 내가 있다. 뭐니 뭐니 해도 난 불안과 의심에서 가장 천재적이기 때문이다. 하지만 내가 바보라는 착각에는 완전히 질려 버렸다. 도무지 그것을 지속할 수 없어 다른 착각이라도 빌려 본다. 착각이든 다짐이든 바보 담론을 뒤집을 수 있다면 기쁘게 차용하려는 마음이다. 너무 결백하거나 깐깐한 것은 천재 사냥꾼들의 덕목이니까, 반대편으로 도망치는 나는 결백과 아주 멀어도 좋다.

행복을 설계하는 ADHD로 살기

제목의 반은 거짓말이다. ADHD는 콘서타 72밀리그램을 매일 퍼 먹어도 완전히 극복되지 않는다. 그래도 요령을 부려 보면 훨씬 나아질 순 있다. 나는 사람들에게 긍정받겠다는 생각을 버리고 혼자 행복하기로 했다. 그래서 '행복하다'라고 느낄 수 있는 몇 가지 요령을 꼽아 보았다.

1 배고프기 전에 먹는다.

이것만으로도 인생을 망치는 충동적 결정들이 상당수 예방된다. 왠지는 모르겠지만 나는 배고플 때 먹을 게 없으면 물건이라도 산다. 조급함을 참지 못해 택시를 타고, 상대방에게 계속 칭얼거린다. 가끔 내 지인들은 매번 들짐승처럼 배고파하는 나를 이해하지 못한다. 그래서 싸운다. 허기는 인간관계에도 좋지 않다.

2 상대방이 한 말에 과몰입하지 않는다.

남들의 모든 말을 흘려듣지만 가끔 이상하게 마음에 박히는 대사가 있다. 당사자는 이미 잊었을 것 같은 사소하고 주옥 같은 말. 예전엔 파고들어 발화의 원인을 분석하고 또 분석했지만 이제는 일부러 딴생각을 소환한다. "넌 어떻게 한시도 가만히 있지 못하냐?"라는 말에 빈정이 상해도 '일론 머스크도 람보르기니를 갖고 싶을까?'를 일부러 궁금해하는 것으로 상한 기분을 날려 버린다.

3 잔소리는 잔대답으로 넘긴다.

사람들은 잔소리를 진짜 끝장나게 한다. 내가 살면서 들은 잔소리를 이으면 지구 세 바퀴 반을 돌다 못해 새로운 지구 하나를 뚝딱 창조할 수 있다. 그런데 입씨름하는 건 진짜 씨름보다도 에너지가 많이 드는 일 같다. 그 사람들의 1차적 목적은 나를 탓하는 것이지 내가 뭔가를 실제로 고치는지가 아니기 때문에 "내가 또 그랬어?", "미안해", "네 말이 맞네. 내가 더 주의할게." 등으로 넘기는 게 낫다. 하지만 절대 기분 나쁜 눈빛을 하면 안 되고 적절히 총기를 담아 진심을 가장하려는 노력이 필요하다.

4 나쁜 말일수록 일단 한번 써 보고 말한다.

나는 말이 신랄하고 심한 편이다. 사람들에게 상처받을

일도 많지만 결국 받은 상처 이상으로 돌려준다. 하지만 이러면 화가 풀린 후 후회가 된다. 그래서 나쁜 말을 하고 싶을 때는 초안을 휴대폰 메모장에 써 갈긴다. 내 욕망도 1차적으로는 욕설의 배설인 거지 그걸 당사자에게 들려주는 게 아니라서 이만해도 어느 정도 해소가 된다. 그러면 "아니 XX 그딴 XX 같은 짓을 하는 XXXX가 어디 있어?"라고 할 일도 "나 좀 화난 건 사실이야. 다음부턴 그러지 말자." 정도로 마무리할 수 있다.

5 중요한 알람은 다중으로 설정한다.

솔직히 ADHD라면 알람이 안 울리거나 잘못 울리거나 너무 작게 울리거나 하는 이유로 곤란함을 겪을 것이다. 걸어가서 꺼야 하는 알람이 좋은데 여의치 않다면 휴대폰 내에서도 알람 앱을 두 개 이상 쓰는 게 좋다. 스마트 시계를 이용해, 휴대폰 알림이 손목에 뜨도록 해 놔도 좋다. 나도 휴대폰과 에이아이 스피커, 스마트 시계를 쓰면서 살고 있다.

6 남들과 하는 대화보다 나 자신과 하는 대화가 훨씬 중요하다.

나는 말이 몹시 많고, 지인들은 가끔 두서없는 수다를 힘들어한다. 고민과 하소연이 많아 더 그럴 것 같다. 하지만 어느 순간 남들보다 나 자신과 대화하는 게 훨씬 즐거워졌다. 나의 경우는, 쓴다. 씀으로써 내가 무엇을 느끼는지, 무엇을 감추는지 혹은 드러내고 싶은지 알아 간다. 외부에서 침투하여 내면의 자신을 알아 간다는 건 너무 재미있는 일이다. 데면데면한 동거인 같았던 외면적 나와 내면적 내가 일종의 한 팀이 되어 협력하는 느낌이 든다. 깊이 들어갈수록 나의 새로운 모습을 보게 된다. 이미 망해 버린 지루한 일상에 가장 큰 변화를 줄 수 있는 건 결국 나다. 나는 생각보다 찌질하고 별로인 데다 소심하다. 그런데 멋지고 대범한 데다 웃기기도 하다. 이런 나를 매일 관람하려는 의지가 중요하다.

7 나는 나 자신의 변호사임을 기억한다.

솔직하게 내 잘못이 맞을 때도 너무 심한 벌을 주면 안 된다. 자기 자신조차 스스로의 편이 아닐 때, 100명의 남이 돌아선 것보다 더 외로워진다. 그 느낌은 말로 설명할 수 없이 처량하고 쓸쓸하다. 내가 잘못했을 수 있다. 그래도 내가 세상에서 완전히 버려져야 하는 건 아니니까, 좀 꾸짖은 후엔 슬그머니 내 편을 들어 주기로 하자.

나는 이런 생각을 자주 한다.

'나도 나지만 저 새끼가 더 진상이다.'

'내가 잘못한 것을 세상에 비밀로 해 주기로 하자.'

'내가 저자의 통수에 대고 가다 죽어라고 생각한 건 잘

못이지만 완전 큰 잘못까진 아니다.'

8 서너 번 생각해 봐도 이해되지 않는 건 포기한다.

내 단점 중 하나는 물고 늘어지기인데, 무는 것보단 늘어지는 게 문제였다. 한없이 늘어지다 보면 초반의 패기와 논리는 사라지고 비약만이 남는다. 그러면 슬퍼지니 열심히 생각해 봐도 결론이 나오지 않는 문제는 폐기해야 한다. 애초에 내가 만든 문제가 아니라서 내가 풀 문제도 아닌 것이다. 해답은 내가 모르는 곳 어딘가에서 다른 이를 만나고 있을 것이다.

9 수치스러울 때는 수치에 솔직해지는 게 낫다.

나는 수치심에 매우 민감하다. 그래서 수치스러울 때마다 괜찮은 척했다. 창피한데 창피하지 않은 척하고, 큰일인데 크게 생각하지 않는 척하면 쿨한 인간이 되는 줄 알았다. 하지만 사람들은 내 안색과 헛기침과 미세한 표정과 허우적거림을 보며 내가 쪽팔려하는 걸 간파했다. 완벽하지 않은 '척'은 짠하거나 얄밉기 때문에 좋지 않았다. 인정하고 넘어가면 모두가 그 순간을 잊지만, '아닌 척'이라는 책갈피를 남기면 누군가 그 순간을 자꾸 꺼내 든다. 나 없는 곳에선 더더욱.

10 날 이유 없이 싫어하는 사람은 사실 나를 부러워하는 중일지 모른다.

나는 ADHD가 정말 싫은데 가끔은 이 증상들을 샘내는 사람도 있다. 착한 이는 "너의 창의적인 면이 부러워."라고 가볍게 말하지만, 나쁜 놈은 부럽다는 이유로 죽도록 괴롭힌다. 나 역시 어떤 갈등에 내 잘못이 하나도 없다는 사실을 믿지 못해 시름시름 피해자가 된 적이 많다. 혹시 열등감으로 똘똘 뭉쳐 자존감까지 결여된 주제에 음침하게 관종 요소를 갖춘 이들이 ADHD를 싫어한다면, 그건 놈들이 우릴 부러워한다는 뜻이다. 그런 이들과는 상종을 말고 멀리하자.

11 질린다고 바로 버리지 않는다.

사람도, 물건도 마찬가지다. 두고 보는 시간은 꼭 필요하다. 판단력이란 '얼마나 두고 볼지'를 정하는 능력이지 버릴지 말지를 곧바로 결정하는 능력이 아니다. 내가 애꿎은 이별을 하고 새 남친을 찾아다니는 거나, 어제 내다 버린 A 플러스 급 가구를 정가에 배송비 얹어 다시 사는 이유는 버린다는 판단이 너무 빨랐기 때문이다.

12 운명론자가 된다.

운명이란 말은 너무 낭만적이어서 사소한 실수나 오판

의 개입을 전부 흡수해 버린다. 운명이란 말 뒤에는 가타부타 변명이나 증명이 필요하지 않다. 그래서 내게 일어난 일이 운명이라 여기는 순간 정서가 편안해진다. 오늘 출근하다 엘리베이터에 끼어 망신을 뗀 것? 운명이다. 그러기로 약속되어 있었으니, 내가 예방할 수 있는 수단이 없었다. 마트에 갔더니 정기 휴일인 것도 마트와 나의 운명이고, 내가 지금 이렇게 살고 있는 것도 모조리 운명이라 생각하면 따질 생각도 대상도 없어진다. 무책임해 보여도 가끔 운명론자가 되는 것은 현실에 도움이 된다.

13 궁리할 시간에 차라리 해 버린다.

이건 사실 너무나 어렵지만 말하자면 이런 것이다.

화장실 청소를 왜 해야 하는가? 화장실이 더럽기 때문이다. 얼마 전부터 타일 사이 물때와 어지러운 머리카락을 보며 거슬려하지 않았나. 하지만 어차피 혼자 사는 집인데, 이틀쯤 미룬다고 해서 큰일이 나지는 않는다. 대체 인간의 화장실은 왜 청소를 필요로 할까. 자율 주행 자동차까지 개발된 마당에 자동 화장실 청소 시스템이 없는 건 현대 과학의 맹점이다. 내가 지금부터 화장실 청소를 한다면 몇 분이 소요될 것인가? 나는 30분 후 외출을 해야 하는데…….

침대에 누워 이런 생각에 골몰하는 대신 술을 잡는 게 좋다.

14 연장자에게 공손하고 겸손하게 굴면 웬만하지 않은 문제도 웬만해진다.

나는 어릴 때부터 상당히 많은 어른들에게서 태도 지적을 받았다. 이유는 두 가지다. 내가 당연해 마지않는 규칙을 이해 못 하고 떨떨하게 구는 것이 어른을 놀리는 느낌인 것이다. 이럴 때 난 억울하다. 두 번째는 별로 억울하진 않은데, 나는 실제로 어른을 놀릴 때가 많다. 그런 짓을 하면 작은 일이 삽시간에 커져서 매우 고단해진다. 경험적으로도, 맞는 말을 싸가지 없이 하는 것보단 틀린 말을 공손하게 하는 게 타율이 높았다. "싫어요."는 문제가 되지만 "조언 감사합니다. 말씀 참고해 더 생각해 보겠습니다."는 늘 괜찮았다.

15 결정이 망설여질 땐 '되돌림 비용'을 헤아려 본다.

나는 남들보다 신중함의 양과 깊이가 부족해서 고생을 사서 한다. 사서 하는 고생을 세 글자로 줄이면 개고생이다. 그걸 방지하려면 선택을 해서 얻는 효용보다, 선택을 물릴 때의 비용을 헤아리는 게 낫다. 나는 결혼을 하지 않기로 마음먹었는데, 이혼에 따르는 감정적, 물리적 비용이 너무 크기 때문이다. 변덕이 죽 끓듯 하는 내게 변덕을 부릴 수 없는 결정은 맹독과 같다. 심지어 이혼은 결혼을 되돌리는 일조차 아니라서 그냥 포기했고 마음이 시원하다.

16 타자와 상황을 인식할 땐 '나'라는 주어를 뺀다.

너무 괴로웠던 것 중 하나는, 내 의식과 자기애가 상상을 초월할 정도로 강하다는 거였다. 나는 나를 떠나서는 현상을 인식하지 못한다. 뭔가를 설명할 때도 항상 나만의 표현과 느낌 위주다. 특히 인간관계에서 이런 현상이 두드러지는데, 이별을 우리 둘의 헤어짐이 아니라 '그가 나를 떠나간' 걸로 받아들인다. 하지만 그럴수록 시선이 옹졸하고 편협해진다.

'내가 달라는 자료를 늦게 준 사람, 내가 회의하자고 했는데 무시한 사람'이라는 관점보다는 '일할 때 게으르고 불성실한 사람'이라는 거리감 있는 인식이 낫다.

반대의 경우도 마찬가지다. '내가 넘어졌을 때 일으켜 준 사람', '내가 지갑을 안 가져왔을 때 흔쾌히 밥을 사 준 사람'이라는 인식은 쓸데없는 호감으로 진실을 가리기 쉬우므로 '타인에게 친절한 사람' 정도가 적절한 것 같다.

17 너무 결백해지려고 하지 않는다.

ADHD라는 걸 알고 나서 한동안 감정적 결벽증에 시달렸다. 내게 무슨 일이 일어나 손해를 보는 것까진 괜찮았다. 하지만 그 원인에 내 잘못과 부족이 하나도 없었으면 했다. '알고도' 실수한다는 것이 나를 미치게 했다. 하지만 ADHD가 아니어도 인간이란 어차피 실수투성이다. 누구도 무결한 삶을 살 수 없다. 아무것도 실수하지 않으려면 아무것도 시작하지 말아야 하는데, 죽을 때가 되면 '아무것도 안 했다'는 사실조차 큰 실수로 여겨지지 않겠는가? 방금 세탁한 흰 이불도 현미경으로 보면 미생물투성이인 것처럼 내 인격도 너무 자세히 보면 흠집투성이로 느껴진다. 그러니 적절히 거리를 두고 적절히 못 본 척하며 사는 게 오히려 깨끗해지는 길일지 모른다.

18 웃음을 베푼다

이건 자신과 타인 모두에게 해당된다. 내가 볼 때 웃음이란 뷔페 음식과 같다. 화려하면서도 흔하고, 은근히 비용이 많이 든다. 모든 사람의 모든 욕구를 해결할 것 같아도 실은 그렇게 마법적이지 않다. 웃음이 없어도 삶은 가능하고 웃는 것 자체가 해결책은 아니다. 그래도 웃음은 쌓아 놓으면 보기에 예쁘고 팍팍한 삶을 환기하는 효용이 있다. 뷔페를 먹으며 배고프긴 힘든 것처럼 자꾸 웃으며 말도 안 되게 괴롭기도 힘든 것 같다.

그러므로 웃어야 하는 이유는 이러하다. 뷔페에서 나가며 이미 배불러도 "와, 남는 거 나 좀 싸 주지." 하는 생각이 들지 않는가? 사람들도 남는 웃음을 자기에게 나눠 주길 바랄 것이다.

에필로그

하릴없이 삐걱대는 나날도 전부 춤이었다

ADHD 진단 직후, 나는 고분고분해진 것처럼 보였다. 착해지려 했다. 아예 다른 사람이 되는 것으로 ADHD 확진이 준 충격을 회피하고 싶었다. 그러나 평소 성질머리와 다르게 '미안하다', '죄송하다', '모두 내 탓이다' 소리를 지껄이고 돌아온 날이면, 슬프다 못해 가학적인 심정이 되었다.

당시 스스로의 재판관이었던 나의 판결은 이렇다.

나는 무가치하고 무규칙적이며
무방비한 데다 무계획적이다.
무례하다는 점으로 보아 무식하고
무책임해서 무능력하다.

그 외 무절제, 무질서, 무기력 기타 등등. 일단 '무(無)' 자가 붙으면 전부 내 얘기가 되었다. 그리고 나를 이렇게 망친 건 ADHD였다.

내가 정신병자라니? 머리에 구멍이 났다니? 그동안의 문제들을 납득하게 되면서도 믿기 힘들었다. 스스로가 ADHD와 내통한 배신자라 여겨질 때면 내 안의 판사는 나에게 사형선고를 내리고 싶어 했다. 충동이 심해지면 황급히 나 자신의 변호사 역할도 해야만 했다. 그런데 할 말이 없었다. 나는 세상에서 가장 하찮은 불치병을 겪는다는 이유로 완벽한 죄인이 되어 있었다.

그 어면 김장 배추보다 많은 무를 품었으므로…… 내 인생은 오랫동안 본질 없이 맵고 짜기만 했다. 매일매일 눈물을 흘려 보내면 지독한 맛들이 중화되려나 싶어 실천했지만 변하는 건 없었다. 눈물도 염분이어서 담백한 사람이 되자는 장래 희망을 좀처럼 이루지 못했다.

나는 이왕 울 거면 거기서 뭔가를 좀 얻고 싶었다. 그러나 집중력이 없고 충동적이고 항상 멍하다는 건 눈물을 성장의 자양분으로 치환할 수 있는 능력 한 줌 못 가졌다는 뜻이다. 나는 언제까지나 공연히, 공허하게, 공짜로 슬퍼해야만 했다.

울다 보면 슬픔에조차 온전히 집중할 수 없는 자신 때문에 화가 났다. 벽을 잡고 비틀대다 자빠져 한 바퀴를 데굴 구른다던지, 상대방에게 "자지 마."라고 전송한 메시지에 어쩐지 '마' 자가 쏙 빠져 있다던지 하는 일들이 늘 벌어졌다. 저린 다리를 펴다 실수로 술상을 냅다 걷어찬 후 얼기설기 치우다 보면 눈물이 쏙 들어가고 폭소가 나왔다. 아무리 혼자라도 박장대소한 후 다시 우는 건 이상하니까 나는 자주 눈물을 그쳤다.

매일 울고 웃고 그치고…… 반복되던 새벽은 어느 날 내게 슬픔의 속성을 귀띔해 주었다. 깊은 슬픔은 있어도 영원히 지속되는 슬픔은 없다. 집중력이 상당히 부족한 나는 필연적으로 남들만큼 슬플 수 없었다. 슬픈 채로 계속 살 수도, 슬퍼서 죽어 버릴 수도 없었다. 축복인지 박복인지 결론을 내리기 힘들지만 그 때문에 오래 연명하고 있는 건 사실인 듯했다.

얼마 후 결국 우는 것에도 질려 버렸다. 홀로 운다는 건 홀로 인생을 배워 보겠단 다짐일지도 모른다. 그러나 나는 모든 종류의 배움에 뜻이 없는 사람이었다. 내게 외로움은 지루함과 같았고, 지루함은 언제나 조루함보다 나빴다.

눈물은 다 쓴 물조리개처럼 멈추었다. 당시엔 눈물 때문에 매일 습한 얼굴에 곰팡이가 필까 두려웠지만, 뺨은 곧 그어떤 물기도 없이 건조해졌다. 나는 이제 안구건조증에 시달린다. 멍한 눈을 빛낼 최소한의 수분감도 없다. 이런 상태가 행복인지, 행복에 대한 오인인지 궁금하나 답을 찾지 않기로 했다.

나는 무가치하고 무규칙적이며

무방비한 데다 무계획적인가?
무례하다는 점으로 보아 무식하고
무책임해서 무능력한가?

몇 년이 지난 지금 다시 묻는대도 부정할 말은 없다. 하지만 이젠 팩트의 궤적에 치이는 대신 재투성이 혼란을 다뤄 보기로 했다. 그러니 나에 대한 설명들을 이렇게 고칠 수도 있겠다.

나는 무궁무진하고, 어떤 면에선 무고하다고.
무미건조한 일상은 무사함의 증명인 거라고,
단지 상상력 하나로 머릿속에 무성영화 상영관을 차릴 수 있는 사람은 많지 않다고.
무수히 많은 날을 살며
그래도 무료한 적은 한 번도 없었다고.
무용함과 무용은 한 끗 차이라
하릴없이 삐걱대는 나날도 전부 춤이었다고 말이다.

　이 책은 사람이 되는 것이 장래희망인 어떤 사람의 이야기이다. 이렇게 솔직하고 소심한 장래희망이라니. 그러나 이 소박한 목표는 너무나 쉽게 좌절된다. '평범함'이란 무엇일까. 이 책은 성인 ADHD를 겪는 한 사람의 이야기이지만, 모두의 이야기이기도 하다. 평균이라는 범주에 들고자 하는 사투는 모두의 경험이기 때문이다. 세상에서 제일 어려운 '평범함'. 책을 펼치자마자 나는 '평범함'에 실패하는 정지음의 이야기에 금세 매료되고 말았다. 하지만 평범함에서 벗어나는 차이야말로 우리를 위로하는 이 수많은 이야기와 정지음이라는 독특하고 눈물겨운 캐릭터를 탄생시킨 게 아닐까. 나는 그의 말을 믿는다. "모자람은 꽤 괜찮은 친구다."라는 말을.

　★ 문보영(시인·작가)

정신질환의 무게에 질식하지 않고 한 발 나아가는 것은 자신에 대한 '앎'으로부터 시작된다. '전두엽 이상'으로 인한 실수 연발, 주의 산만을 신랄하게 자조하면서도 줏대를 잃지 않고 자기 점검을 해 나가는 과정이 유쾌하다. 질병에 절망하여 주저앉는 게 아니라, 울다가도 뚝 그치고 눈물에서 짠맛을 뽑아 배추라도 절일 기세다. 아무리 좌절의 불꽃으로 가열해도 풀 죽지 않는 위트와 낙관이 탱글탱글한 글발에 감겨 독서의 별미를 선사한다. ADHD가 아니더라도 타인의 시선과 불화를 겪어 본 이라면 고개를 끄덕일 터이다. 작가의 말처럼, 기상청이 뭐라고 해도 아무튼 해는 뜨니까.

★이주현(『삐삐 언니는 조울의 사막을 건넜어』 저자)

젊은 ADHD의 슬픔

1판 1쇄 펴냄   2021년 6월 25일
1판 13쇄 펴냄   2024년 2월 13일

지은이   정지음
발행인   박근섭, 박상준
펴낸곳   (주)민음사

출판등록   1966. 5. 19. (제16-490호)
주소   서울시 강남구 도산대로1길 62
          강남출판문화센터 5층 (06027)
대표전화   02-515-2000   팩시밀리   02-515-2007
www.minumsa.com

ISBN   978-89-374-7211-4 03810

* 본 도서는 카카오임팩트의 출간 지원금을 받아 만들어졌습니다.
* 잘못 만들어진 책은 구입처에서 교환해 드립니다.